AF189401

Die mysteriöse Tänzerin

Novelletten

von

Alexander Castell

Bibliografische Information der Deutschen Nationalbibliothek. Die Deutsche Nationalbibliothek verzeichnet
diese Publikation in der Deutschen Nationalbibliografie;
detaillierte bibliografische Daten sind im Internet über
http://dnb.d-nb.de abrufbar.

Die mysteriöse Tänzerin - Novelletten
von Alexander Castell

Neufassung und Digitalisierung von Peter M. Frey nach
dem Original von 1911, Albert Langen München, unter
Beachtung der neuen deutschen Rechtschreibung. Es
handelt sich um ein gemeinfreies Werk von Willy Lang.
Willy Lang lebte von 1883 bis 1939 und publizierte unter
dem Pseudonym Alexander Castell.

Copyright © 2017 Peter M. Frey
Herstellung und Verlag
BoD - Books on Demand, Norderstedt
ISBN 9783744818650

Inhalt

Die mysteriöse Tänzerin 7

Suzanne 20

Die singenden Krüppel 33

Der einsame Kavalier 46

Das Vermächtnis der Baronin B. 57

Der hohe Tag 69

Die mysteriöse Tänzerin

Unser Freund William Clarke, ein gelassener und verwegener Pokerspieler, versuchte eben, uns mit dreihundert Francs Einsatz zu bluffen, als sich der kleine Fürst Ladislaus zu uns setzte und, während unsere Augen noch auf dem grünen Teppich des Spieltisches tasteten, leise sagte: »Was ich eben erlebte, ist derart wahnsinnig, dass ich den Verstand verliere, wenn Sie mir keine Erklärung zu geben vermögen.«

Über einen Atemzug lachten wir alle und schauten auf. In Fürst Ladislaus´ Gesicht aber zitterte es, wie zuweilen bei Kindern, ehe sie zu weinen beginnen. William Clarke sagte kein Wort und starrte wieder auf den Tisch. Das verriet ihn. Gustave Gaillard blickte auf und ließ sich die Karten zeigen.

»Goddam«, sagte William Clarke zum Fürsten. Gaillard kassierte die Chips ein. Er hatte three of a kind. William Clarke nur ein Paar.

»Was fehlt Ihnen?«, fragte ich den kleinen Fürsten, der fünfundzwanzig Jahre alt war, aber jetzt in seiner Verwirrung aussah wie ein hilfloser greiser Mensch.

»Das mit der Tänzerin«, sagte er, »es ist entsetzlich ...«

»Hat sie Sie hinausgeworfen?«, fragte Gaillard, gutmütig lächelnd, während William Clarke die Karten mischte.

»Nein, aber wer von Ihnen glaubt, eine Frau von einem Mann unterscheiden zu können, oder wer versteht es, dass ein Wesen heute eine Frau ist und morgen ...« Der kleine Fürst schwieg plötzlich und zuckte wie unter einer unheimlichen Halluzination.

»He es a mad fellow«, warf William Clarke ein. »I open the pot ...«

Doch Fürst Ladislaus hatte so sehr die Miene eines furchtbar Erschreckten, eines, der durch eine groteske Erscheinung Genarrten, dass wir anderen ihn in diesem Augenblick unwillkürlich ein wenig ernst nahmen.

Aber ich will erst die Vorgeschichte erzählen ...

In der Gaîté Rochechouart trat seit einer Woche eine kanadische Tänzerin auf. Sie war von London herüber gekommen, hatte dort in der Alhambra etliche Triumphe gefeiert und war jetzt von ein paar Journalisten und einigen Kennern akklamiert worden, aber für die größere Menge der Genießer blieb sie noch unentdeckt. Sie teilte darin das Los fast aller Künstler, die zum ersten Mal in Paris erschienen und trotz glänzender Eigenschaften das Feld nicht im ersten Sturm zu erobern vermögen. Es erklärt sich dies wohl aus dem tiefinnersten Konservatismus der zaubervollen Stadt, die ihre Helden nicht sogleich anerkennt, sondern eine gute Weile im Kampf harren lässt, ehe sie sie in den starken Ring ihres Schutzes aufnimmt.

Am dritten Tag ihres Auftretens sahen wir Melia. Sie tanzte nicht in der Art der heute viel geübten Individualistenschwärmerei, die da ein Lied oder eine Sonate, oder gar ein Stück bunter Prosa durch Bewegungen illustrieren will. Nichts von alledem. Sie kam wieder auf die innerste, natürliche rhythmische Grazie der Glieder zurück, die in sich selbst wundersam und schön ist und durchaus keines unterlegten fantastischen Textes bedarf. Ihr Körper bog sich in feiner Spannung gleich einer elastischen Feder, ihre Battements waren nuancierte Kadenzen, in die fast visionäre Attitüden wie atemlos wachsende und abnehmende Fermaten einschnitten, kurz: Ihr Tanz war eine Rarität von Entzücken und Feinheit, dazu fast leidenschaftslos, da der Glanz der Bewegung die Körperlichkeit sozusagen entmaterialisierte.

Wohl aus diesem letzten Grunde hatte der kleine Fürst Ladislaus – denn er war noch eine einfache, naive Natur – plötzlich eine verzehrende Leidenschaft für Melia gefasst und ihr sofort seine Karte in die Garderobe geschickt und fünfundzwanzig Louis für den Abend geboten. Was ihn zu dieser seltsamen Form veranlasste, war die ganz jämmerliche Angst und Vorstellung, die Dame könnte ihm durch einen anderen, nicht weniger deutlichen und entschlossenen Bewerber verloren gehen. Nach einigen Minuten – Melia war unter lautem Beifall von der Szene abgegangen – brachte die Logenfrau die Karte zurück, auf deren Rückseite mit klaren Schriftzügen stand: »J'accepte ...« Fürst Ladislaus verabschiedete sich sofort, strahlend im ganzen Gesicht wie ein glücklicher Knabe, um Melia am Bühnenausgang zu erwarten. Das war alles vor vier Tagen geschehen.

»Wie ist das nun mit dem Mann und der Frau«, fragte wieder Gustave Gaillard, indem er seinen schmalen Kopf etwas über den Tisch bog und mich dabei anblinzelte, als wollte er sagen: Dieser kleine Kerl da ist total verrückt.

»Sie wissen ja«, hub nun Fürst Ladislaus leise und bekümmert an, »dass ich nur selten von einer so großen Leidenschaft erfasst werde ...«

»That's because of your health«, grölte William Clarke, der sich den Magen hielt und nun breit und umständlich lachte.

»Es ist nicht taktvoll von Ihnen, mich so zu verspotten«, wandte der Fürst ein, »und ich versichere Ihnen, dass Sie dieser seltsame Fall noch interessieren wird. An jenem Abend – Sie wissen ja, nachdem ich mich von Ihnen verabschiedet hatte – ging ich mit ihr zu Abbaye, um zu soupieren. Aber ich muss sagen: Zuerst war ich enttäuscht. Sie hatte nicht mehr die Einfachheit und Hoheit der Bewegungen. Sie schien erst unsicher geworden ...«

»Sie war von Ihrer Naivität verwirrt«, meinte Gustave Gaillard im Ton einer todernsten Konstatierung. »Dieser Zustand soll – wie man sagt – auch noch bei Tänzerinnen möglich sein, jedenfalls haben Sie etwas beinah Menschenunmögliches vermocht.«

Der kleine Fürst verzog seine Lippen zu einem schmerzlichen Lächeln und fuhr fort: »Aber allmählich erkannte sie die Größe meiner Passion – »C'est de la rage«, rief Gaillard wieder dazwischen – und wir kamen uns näher. Sie erzählte von London, von ihrer vorletzten Tournee über Moskau, Kiew, Odessa ... In Petersburg hat sie vor vier Monaten meinen Vetter, den Prinzen Akseli, kennengelernt. Daraufhin wurden wir fast befreundet, in jedem Fall zutraulicher ..., es war ein herrlicher Abend. »Sie wohnt in der Rue Condorcet«, setzte er mit verschleierter Seligkeit hinzu und mit jenem kindlichen Stolz, in den junge Lebemänner ihre Abenteuer zu hüllen pflegen.

»Dies ist alles so seltsam«, sagte ich gedankenvoll, worauf alle am Tisch wieder in ein lautes Gelächter ausbrachen.

Der Fürst aber ließ sich nun nicht mehr beirren. Er sann einen Moment nach und hub dann wieder an: »So verlebten wir auch die gestrige Nacht, glitten von Ekstase zu Ekstase, waren gefangen im Rausch unserer Sinne ...«

Es war rührend komisch, mit welch pathetischer Stimme, die von ausdrucksvollen Gesten begleitet war, der kleine Fürst Ladislaus von seiner Leidenschaft sprach und nun plötzlich wieder schwieg, als ob er auf ein dunkles Rätsel zurückblickte.

Wir standen ihm gegenüber und hörten mit fröhlichen Mienen zu, nur William Clarke, der seinen Einsatz noch nicht verschmerzt hatte, brummte: »That damned fool spoiled my game ...«

»Aber jetzt bitte die Katastrophe, Durchlaucht«, spornte ich ihn wieder an, während er noch seine rechte, schmale Hand über den Augen liegen hatte.

»Vor einer Stunde stand ich wieder am Bühnenausgang«, fuhr er matt und klagend in unendlicher Schwermut fort, »aber Melia erschien nicht. Ich fragte den Concierge. Nein, sie war noch nicht weggegangen. Ich wartete. Sie erschien nicht. Da stürzte ich nach ihrer Garderobe. Sie stand noch im Kostüm halb entkleidet vor dem Spiegel, drehte mir den Rücken zu und schminkte sich eben ab. Ich schlich mich leise hinter sie, wollte alle Glut meiner Eifersucht und meiner Verwirrung auslöschen, presste meine Lippen auf ihren Nacken, – und da geschah das Entsetzliche ...«

Der Fürst brach wieder ab, eine Sekunde war es an unserem Tisch sehr still geworden.

»Melia drehte sich um, stieß mich zurück ... Sie war plötzlich ein Mann ...«

»Ein Mann?«, fragte Gaillard etwas verlegen lächelnd. William Clarke meinte: »He is totally mad.«

Fürst Ladislaus aber saß nun in trübe Reflexionen versunken vor uns und trug alle Zeichen einer schweren Seelenerschütterung im Gesicht. Wir waren sofort überzeugt, dass er krank sei. Es handelte sich offenbar um eine momentane Trübung des Bewusstseins, eine hochgradige nervöse Überreizung. Schließlich suchten wir ihm die Wahnvorstellung auszureden, befragten ihn näher. Er war sofort nach der Katastrophe hinausgelaufen und wie ein Verfolgter hierher gefahren. Im Übrigen blieb er bei dem Glauben, etwas Tatsächliches und durchaus keine Vision erlebt zu haben.

Wir anderen waren aufrichtig um ihn besorgt und berieten einen Plan, wie ihm das Unsinnige seiner Behauptung zu beweisen wäre. Schließlich schlugen wir ihm vor, dass einer von uns, die wir doch in der Kritik dieses grotesken Ereignisses unbefangen wären, mit Melia dieselben Erfahrungen machen sollte, und dadurch sowohl die Wahrheit, als vielleicht auch eine Erklärung erreicht werden könnte. Der Fürst aber wollte in seiner völlig sinnlosen Eifersucht zuerst durchaus nicht darauf eingehen, sondern sträubte sich mit allen Kräften. Allmählich sank er aber aus der Müdigkeit vor unseren Augen in einen Zustand gänzlicher Apathie, worauf wir ihn mit etlicher Mühe für unsere Idee zu gewinnen vermochten.

»Ich will das Opfer auf mich nehmen«, sagte Gustave Gaillard und kniff seine Augen zusammen, was er nur in den Augenblicken höchsten Amüsements zu tun pflegte.

Am folgenden Abend saßen wir alle wieder im Varieté und warteten mit Spannung auf Melias Auftreten. Gleich nach halb elf erschien sie auch auf der Szene und machte ihre Pas in faszinierendem Takte. Alles an ihr war Charme,

Hoheit und Grazie, aus dem Unbewussten aufsteigend und ins Unmessbare sich verlierend ...

Der kleine Fürst saß halb ohnmächtig im Stuhl, und sein blasser Teint gab ihnen eine unsägliche Leidensmiene. Er litt, litt furchtbar, wie einer, mit dem ein verzweiflungsvolles Experiment vorgenommen wird, dessen Ausgang eine fast mystische schicksalsschwere Konsequenz hat.

Während Melia im Abgehen war, schrieb ihr Gaillard ein paar Zeilen, und in etlichen Minuten brachte die Logenfrau die Enveloppe retour. Auf der Rückseite der Visitenkarte stand genau in denselben klaren Buchstaben: »J'accepte«.

Unsere Spannung war gewachsen. Gaillard verabschiedete sich mit dem Bewusstsein seiner übernommenen Pflicht und versprach uns, später ins Café zu kommen. Wir spielten dort Poker bis morgens um fünf. Gustave Gaillard kam nicht. Ich sagte zum Prinzen: »Sie können versichert sein, es ist doch eine Frau ...«

Als Gaillard am folgenden Abend dann in unserem Kreis wieder erschien, gab er ein wirklich fachmännisches Gutachten ab, so dass sich der Prinz über die Geschlechtslage völlig hätte beruhigen können. Alle angeführten Details ließen so sehr auf die Wahrheit seiner Beobachtungen schließen, dass für uns kein Zweifel mehr übrig war. Aber Fürst Ladislaus wurde zusehends apathischer. Alle unsere Mühen, ihm seine haltlose Idee auszureden, blieben erfolglos. Da anerbot sich Gaillard, das Experiment heute noch zum zweiten Mal zu vollziehen. Doch dagegen protestierten wir. Wenn er schon beim ersten Mal nicht die gewünschte Suggestion erreicht hatte, würde es ihm auch jetzt nicht gelingen, und zu einem andauernden privaten Amüsement wollten wir den Fall nicht werden lassen.

Das Los fiel auf William Clarke. Da er aber am selben Nachmittag schon zwölf Cocktails getrunken hatte, erklärte er sich für unfähig, und die Reihe kam an mich. Ich will hier nicht unnötigerweise eine Reihe pikanter Einzelheiten anführen, sondern nur versichern, dass der Verlauf des Abends genau derselbe war, wie bei meinem Vorgänger Gustave Gaillard. Auch ich legte mit dem Ernst, der der Situation angemessen war, ein Gutachten ab, das von meinen Freunden mit großer Anerkennung und ebensolcher Heiterkeit aufgenommen wurde.

Der Zustand des Fürsten aber, wurde zusehends schlimmer. Er nahm mich auf die Seite und fragte mich: »Verstehen Sie das Grässliche meiner Situation? Wenn das, was ich sicher sah, doch eine Täuschung war, kann ich meinen Wahrnehmungen nicht mehr trauen, habe ich in keiner Sekunde mehr an mir eine sichere Kontrolle für die Außenwelt – dann bin ich schwer krank ...«, fügte er hinzu, wie einer, an dem sich ein bitteres und trostloses Schicksal erfüllt. Was sollte ich ihm sagen?

Er verhielt sich auch weiter durchaus indifferent, bis wir ihm schließlich den Vorschlag machten, dass wir alle Melia nach der Vorstellung erwarten und sie gemeinsam verhören wollten.

Ich will noch nachtragen, dass sowohl Gustave Gaillard als auch ich Melia die Affäre mit dem Fürsten erzählt hatten, und sie uns beiden den Gedanken als völlig unsinnig erklärte.

So standen wir nun abends gegen elf Uhr auf dem Trottoir vor dem Varieté und warteten, bis Melia erscheinen würde. Wir waren wieder heiterer gestimmt. Sogar der Fürst lächelte wiederholt über unsere Witze und atmete auf bei dem Gefühl, dass der phantastische Irrtum sich vielleicht doch aufklären und er von einer großen Marter befreit würde.

William Clarke erzählte eben eine Geschichte, die er mit einer Chinesin in Singapore erlebt, als aus dem Bühnenausgang ein junger, eleganter Herr trat. Des Fürsten Augen hefteten sich mit furchtbarer Spannung auf ihn, und er raunte sofort: »Das ist er ...«

Wir waren alle derart verblüfft, dass wir regungslos zusahen, wie der andere in einen Wagen stieg und die Rue Rochechouart hinunterfuhr.

Gaillard hatte sich zuerst gefasst, schrie nach einem Automobil und zerrte uns hinein. Bei der Rue de La Fayette hatten wir den Wagen erreicht und folgten ihm nun langsam bis zum Boulevard Haußmann, dann über die Avenue de l'Opéra in die Rue de Rivoli, wo er vor einem vornehmen Hotel anhielt.

Der Fremde verabschiedete seinen Wagen, wurde vom Portier ehrfurchtsvoll begrüßt und wir sahen noch, wie er im Hintergrund der Halle die Treppe hinaufstieg.

Wir litten alle unter der unheimlichen Verblüffung, und des Fürsten Augen glänzten überhitzt und krank, wie in einem schweren Fieber.

Sofort traten wir zum Portier und befragten ihn. Er sagte: »Der Herr ist der Baron N. Er ist ein langjähriger Gast.«

»Wie lange ist er jetzt wieder in Paris?«

»Seit zehn Tagen.«

Die Zeit stimmte. Unsere Spannung war in eine ganz neue Phase getreten. Der Fürst war so erregt, dass wir ihn sofort nach Hause brachten und William Clarke zur Wache bei ihm ließen.

Gaillard und ich gingen jetzt in ein Café und setzten einen Brief auf an den Baron N., worin wir ihn um eine Unterredung baten. Es handle sich durchaus nicht darum, eine banale Neugier zu stillen, sondern der Zustand unseres Freundes, des Fürsten Ladislaus, sei in so hohem Grade besorgniserregend, dass wir es durchaus für unsere Pflicht hielten, ihm eine Erklärung zu verschaffen usw. Diese sehr formell und doch dringlich abgefasste Epistel gaben wir beim Portier ab und ließen um Antwort für den kommenden Nachmittag ersuchen.

Als ich nach dem Dejeuner vor dem Hotel vorfuhr, gab mir der Portier die Karte des Baron N., worauf stand: »Je vous attends. Je serai chez moi vers 8 h.«

Ich kann nicht anders sagen, als dass wir in ziemlicher Aufregung am Abend die Hoteltreppe hinaufstiegen. Gustave Gaillard lachte leise und nervös und meinte: »Wir sind in unserem Aufzug unsäglich komisch.« William Clarke sagte in seiner Gewohnheit: »He is mad indeed.«

Der Fürst aber war schweigsam, hatte rote Fieberflecke auf den Wangen und eine Miene, als schritten wir zu einer sakralen Handlung.

Im Salon hatten wir kaum einige Minuten gewartet, als sich die Türe öffnete und der Baron N. hereintrat und uns zum Sitzen einlud. Jetzt erst konnten wir ihn deutlich betrachten. Er hatte ein schmales, feines Gesicht, und seine Gestalt, die durch einen gut geschnittenen Cutaway vorzüglich zur Geltung kam, war übermäßig schlank und gab ihm im Verein mit seiner ganzen Art sich zu halten die Allüren eines Aristokraten.

»Womit kann ich den Herren dienen?«, fragte er leise, fast bescheiden, indem er uns, die wir etwas kläglich in unseren Fauteuils saßen, mit einem forschenden Blick überflog. Sofort erkannten wir sein Gesicht von der Bühne. Jetzt war die Verwicklung ganz rätselhaft.

Ich erzählte nun nochmals die ganz Affäre, ergänzte das, was wir im Brief geschrieben hatten, und bat den Baron, so er dazu geneigt wäre, um eine Erklärung. Die Situation war zuweilen nahe daran, urkomisch zu werden, denn die stofflichen Momente der Geschichte drängten mehr als einmal zu einem lauten Gelächter, das auch unwillkürlich eingetreten wäre, wenn nicht der Baron selbst vollkommene Haltung bewahrt, und andrerseits nicht auch das totenblasse Gesicht des kleinen Fürsten einigen Ernst geboten hätte.

Als ich geendet, lächelte der Baron leise, ein wenig ironisch, und begann: »Es wird Sie vielleicht wundern, meine Herren, dass das, was Sie am allerwenigsten für wahrscheinlich hielten, doch die Wahrheit ist. Ich bin nämlich die Tänzerin ...«

Im Zimmer gab es ein Geräusch, als ob jemand sich aufgerichtet und wieder gesetzt hätte. Als wir hinsahen, starrte Fürst Ladislaus mit verzerrtem Gesicht auf den Baron. Seine Lider waren weit aufgerissen, und das Weiße der Augen schimmerte bläulich wie Email.

Der andere aber fuhr ruhig erzählend fort:

»Ich habe von Jugend auf mit Leidenschaft getanzt und eine vorzügliche Erziehung durch einen ausgezeichneten

Tanzmeister genossen. Die Veranlagung mag dadurch kommen, dass meinem Urgroßvater eine der klassischen Tänzerinnen der großen Oper eine Tochter geboren hatte – die Pietät verbietet mir, ihren Namen zu nennen – die er auch als sein rechtmäßiges Kind anerkannte. Von diesem Zweig unseres Geschlechtes stammte meine Mutter ab ...«

Der Baron schwieg einen Moment, und der Fürst sagte mit entsetzter, fast weinerlicher Stimme: »Aber wie wollen Sie es erklären, da Sie doch ein Mann sind, dass drei Herren aus unserem Kreise, die Sie auch genau wiedererkennen, Sie in der Eigenschaft als Frau und – sogar als Geliebte gekannt haben ...?«

Der Baron hob das Kinn ein wenig und lächelte wieder. Diesmal ironischer und zugleich wie abwehrend.

»Ich liebe den Tanz an sich«, fuhr er fort, »- die reine Kunst. Für alle übrigen Missionen einer Tänzerin aber habe ich eine Dame engagiert ... Sie hat kein anderes Verdienst, als dass sie mir sehr ähnlich sieht und so diskret ist, ein von mir völlig getrenntes Leben zu führen, doch mit der Verpflichtung, zugleich mit mir identisch zu sein, soweit es die äußere Form unseres Berufes verlangt. Für die Bewahrung dieses Geheimnisses genießt sie alle Früchte meiner Tätigkeit, da ich zu allen materiellen Fragen keine Beziehung wünsche. Und diese Dame haben Sie wohl alle kennengelernt. Ihre Verwirrung ist nur dadurch eingetreten, dass Durchlaucht« – der Baron wandte sich mit sanftem Amüsement an den Fürsten – »eines Abends statt in die Garderobe der Dame ganz unmotiviert in die meine eindrangen und vor mir, da dieser Teil des Berufes nicht in mein Ressort fällt, selbstverständlich abgewiesen werden mussten ...«

Der Baron N. war aufgestanden. »Die Herren müssen entschuldigen«, sagte er, »es ist gegen neun Uhr, und ich muss in einer halben Stunde in der Garderobe sein.«

Als wir nachher etwas beschämt und bedrückt auf dem Trottoir der Tuilerien entlang schritten, wandte sich endlich William Clarke an den Fürsten und sagte, als ob er uns damit entlastete: »You are mad indeed ...«

Fürst Ladislaus aber sprach klagend und traurig, gleich einem enttäuschten Kind: »Ich bin in meinem Leben noch nie so lächerlich gemacht worden ...«

Suzanne

Das war um die Zeit, als ich mit den bretonischen Fischern in der Gegend von Rothéneuf segelte und zum ersten Mal etwas von dem erfuhr, was das Meer ist. Ich meine nicht das Schwarze oder Blaue oder Grellscheinende des Wassers, auch nicht das kahle Unendliche seiner Flächen und ihre Einsamkeit, auch nicht die weiß aufgetürmte Brandung in den Falaisen oder die mannshoch gebauten Wogen, die donnernd auf den Sand fielen und uns in der Nacht wie ein riesenhaftes Hämmern wachhielten. Das alles ist sein übergroßes, gigantisches Wesen, das es ewig und hinreißend und zum Orte unseres Grauens und unserer Sehnsucht macht!

Damals aber erkannte ich erst des Meeres harte Alltäglichkeit. Da war es für uns, die wir jeden Morgen und Abend hinausfuhren, ohne den Stachel der Gefahr oder der Schönheit, aber gleich einem kargen, steinigen Acker, dem etwas abzukämpfen war, gleich einer Strecke Feldes, die uns bald willig etwas gab, bald es uns verwehrte, wie das Feld seine Gaben oft launisch und wie von ungefähr wachsen lässt.

Gibt es ärmere und mühseligere Menschen als die bretonischen Fischer? Und gibt es eine gefahrvollere Küste als jene, wo die Klippen hart unter der Fläche des Wassers geduckt sind und seit Jahrhunderten Schiffe niedergezogen haben in den dunklen Schlund?

O, der alte Birot wusste vieles zu berichten, und ein wirklicher Erzähler, der alle Hindernisse des Misstrauens und der Ungläubigkeit überwindet, müsste kommen, um mit sicherem Strich all dieses Vergangene und

Merkwürdige nachzuzeichnen. Der alte Birot jedoch kam erst ins Reden, wenn die Angelschnüre schon aus dem Boot hingen, und wir weit draußen waren vor jenem Riff, bei dem der Dampfer von Jersey jeden Abend beim Dunkelwerden vorbeizog.

Am seltsamsten aber war doch jener Tag, da Suzanne mitfuhr. Suzanne war die Enkelin des alten Birot und die Schwester des jungen Leon, der im Boot das vordere Ruder zur Rechten hatte. Ihr Vater kam nie zum Fischfang sondern war Matrose auf einem Gemüseschiff, das zwischen St. Malo und Southampton kursierte.

Suzanne saß sonst stets auf der Bank vor der Hütte auf der Anhöhe und starrte auf das Meer. Niemand verlangte mehr von ihr, denn jeder wusste, dass sie nicht arbeiten konnte und Grund hatte, mit sich selbst beschäftigt zu sein.

Sie war wohl neunzehn Jahre alt, hager und blond. Ihre Haare trug sie hart an den Kopf gekämmt. Aus ihrem bronzefarbenen Gesicht aber schauten zwei große, krankhaft glänzende Augen, die fast unbeweglich minutenlang wie in einem Krampf nach derselben Richtung zu sehen vermochten. Und auf ihren Wangen schimmerte stets die heiße Röte des Fiebers.

Als ich einst vor der Hütte mit ihr sprach, trat der alte Birot zu uns, hatte ihr die Wange gestreichelt und gesagt: »Suzanne hat ein schweres Fieber, sie wird bald sterben ...«

Und Suzanne hatte ergeben zugehört und genickt, als ob das Sterben von Jugend auf ihre Aussicht gewesen wäre. Jedermann im Dorfe wusste, dass Suzanne bald sterben werde, und man behandelte sie mit Respekt und zugleich mit Güte, wie jemanden, der schon auf einem anderen und besonderen Wege geht und bald eine große wichtige Erfahrung voraushaben wird.

Suzanne selbst aber erschien gelassen und ruhig. Sie wäre vielleicht sehr heiter veranlagt gewesen, wusste jedoch, was sie ihrer hohen Zukunft schuldig war, und konnte darum kaum anders, als sich eine stille, gemessene Haltung anzugewöhnen. Ich glaube kaum, dass sie an den Tod mit innerem Schrecken dachte, nein, sie empfand es als eine Wohltat, in ihrer Stille zu sein; sie war stolz, wenn sich zuweilen nachmittags der Pfarrer zu ihr vor die Hütte setzte und mit ihr so zutraulich sprach, als ob sie ein großes Geheimnis zusammen hätten, mit ihr sprach in einem Ton der Achtung, in dem er sonst nur mit den Vornehmen des Dorfes oder mit den Fremden verkehrte. Suzanne empfand völlig die Würde, welche die vom Schicksal ihr zugeteilte Rolle erheischte, und sie war so sehr darauf bedacht, sie zu erfüllen, dass ihr darob alles Trübe und Ungewisse aus den Gedanken verschwand.

So fuhren wir an jenem Septemberabend hinaus. Der alte Birot hatte Suzanne hinten ins Boot gesetzt und stand neben ihr am großen Ruder, während Leon das Ruder vorne hatte und ich vor ihm saß bei dem Korb mit den Fischstücken, die für die Hummer bestimmt waren.

Wie strahlten doch jene Septembertage klar und frisch! Alle warmen Dünste des Golfstromes hatte der Herbstwind weggeweht, und wir glitten in jenem langsamen, sicheren, beruhigenden einförmigen Takt, in dem die Fischer ruderten, über die flirrende Fläche hin, in der man wohl ein paar Meter in die Tiefe sah, wo dunkle Fischrücken dahin blitzten und viele große, glockige Quallen hingen, die ich mit den Händen fischte, und deren wundersam leuchtende Form sofort wie eine milchige Haut zusammensank.

Suzanne saß träumerisch hinten im Boot und schaute nach dem feinen, weißen Strich zur rechten am Horizont, wo die Îles Chausey am Tage nur wie eine Ahnung von Land aufragen, in der Nacht aber jenen Leuchtturm zeigen, der alle paar Sekunden gleich einem zuckenden, wetterleuchtenden Feuer aufflammt.

Schon eine Stunde waren wir immer seewärts gefahren. Paramé lag weit hinter uns, und das Kasino von Dinard blinkte nur noch wie ein weißer Punkt. Vor uns aber tauchten die großen Klippen auf, um die die schimmernden Seemöwen in wirren Ovalen flogen und über uns, die wie sie störten, heisere aufgeregte Schreie ausstießen.

Als wir näher herangekommen, sah Leon auch schon den ersten schwimmenden Kork, und wir zogen am Seil den Hummerkorb in die Höhe, der durch die Form einer Fliegen-Glocke das Tier von unten anlockt und nicht mehr loslässt, wenn es erst die Höhlung hinaufgekrochen und jenseits der Wand hinuntergefallen ist. Der erste Korb war leer wie noch viele andere. Leon riss das Fleisch, an das sich Schleimtiere gesaugt hatten, heraus und gab frisches hinein. Wir fingen an jenem Abend nur einen einzigen kleinen Hummer, für den, wie Leon sagte, der Händler in St. Malo einen Frank fünfzig Centimes bezahlte.

Zuletzt fuhren wir wie immer in die Nähe des Riffs, warfen den großen Stein als Anker aus und begannen zu angeln. Der alte Birot war missgestimmt und erzählte in seinem Ingrimm, dass in früheren Zeiten alle seine Vorfahren Seeräuber waren, denn nur auf diese Art sei das

Elend der Fischerei zu erdulden gewesen. Man band in den Sturmnächten den Kühen Laternen zwischen die Hörner und trieb sie die Klippen entlang. So wurden die Schiffe angelockt und zerbrachen draußen auf den Felsen.

»Denn unsere Küste ist die gefährlichste. Sie können hinunter bis nach Spanien fahren und wieder bis nach Marseille, Sie finden nicht so viele Riffe als von St. Malo nach Brest.« Der alte Birot sprach noch weiter und redete sich in einen großen Zorn hinein.

Warum hätte er auch nicht zornig sein sollen, da er schon im Morgengrauen und jetzt gegen Abend stundenweit hinausgefahren war und bis jetzt nur einen Hummer gefangen hatte im Wert von einem Frank fünfzig Centimes, wovon eine Familie leben sollte und dazu noch Suzanne, die bald sterben wollte.

Sie saß immer noch wortlos hinten im Boot, fasste zuweilen den Hummer, der vor ihr lag, am Rücken und betrachtete ihn lange, während er gleich einer automatischen Maschine die Scheren bewegte. Immer auf und zu und hin und her, als wäre auch er in einem hohen Maß missgelaunt oder verwundert, oder auch hilflos darob, so fern der Tiefe in der freien Luft zu sein.

Ich warf meine Schnur, an der drei Angeln und ein Bleiklumpen hingen, ins Wasser und fühlte sofort wie es zuckte und wie die Fische daran fraßen. Oft hingen zwei oder sogar drei an der Schnur. Wir ließen diese auch unten, bis sie die richtige Schwere hatte. Aber das bedeutete alles sehr wenig. Denn, wenn wir auch einen halben Korb voll Fische gefangen hatten, wurden zuletzt nur ein paar gute ausgelesen und alle anderen wieder ins Wasser geworfen, da sie kaum zu essen waren, und der Händler nichts für sie gegeben hätte.

Leon aber, der sechzehnjährige Junge, fing nun zu plaudern an. Er fragte mich jeden Tag, was wir im Hotel gefrühstückt hätten, und ließ sich alle Einzelheiten des Dejeuners erzählen, stellte Fragen wie ein Kenner und meinte zuletzt: »Von dem, was Sie an einem Tag essen, könnte ich fast eine Woche leben ... Wenn ich aber dereinst Mechaniker bin, werde ich mir's auch an nichts fehlen lassen. Dann fahre ich sogar nach Paris.«

»Man muss nicht zu hoch hinaus wollen«, warnte der alte Birot, der trotz seiner Armut konservativ war.

Doch Leons größter und einziger Wunsch war es, ein Mechaniker zu sein. »Aber nicht auf einem Schiff«, fügte er oft noch hinzu, denn das Meer war seinem jungen Gehirn als etwas Quälendes und so unendlich Arbeitsvolles und Aussichtsloses eingeprägt, dass er darauf keine Hoffnungen mehr zu setzen vermochte.

Eine Viertelstunde starrten wir wieder nach unseren Angelschnüren, auch nach dem schwarzen Kamin eines Torpedobootes, das aus der Richtung von Cranville kam und nach St. Servan fuhr. Auf dem Semaphor über Rothéneuf wurden Zeichen gegeben. Dann verzog sich die tiefschwarze Rauchwolke am Horizont wie ein immer lichter werdender Streif in der Ferne.

Über mich war eine weiche, schläfrige Ruhe gekommen – an diesem orangefarbenen Abend, der sich vielstimmig und geräumig in der Tiefe des Meeres spiegelte. Schließlich vergaß ich auch das Fischen, und meine Blicke hingen müd und matt an Suzanne, die vor sich das Gefäß mit den

Fischen hatte und eine merkwürdige Beschäftigung begann.

Sie griff mit ihren mageren, etwas knochigen Händen in den Korb hinein und ließ die schlüpfrigen, zuckenden Fischkörper, die in der Sonne gleich feinen Perlmutterscheiben glitzerten, durch die Finger gleiten und lachte dazu kurz und ruckweise.

Der alte Birot und Leon, die beide dieses Tun wohl früher schon an ihr beobachtet, merkten nicht auf. Mir aber schien es, als ob Suzanne während dieses Spieles in einer großen Ekstase gefangen wäre. Denn ihre Augen glühten, als wäre eben ein heißes Gift in sie geflossen, die Röte ihrer Wangen war brennend geworden, und wenn sie zuweilen einen großen Merlan zu fassen bekam, umkrallte sie das Tier und presste seinen Leib, dass es den Mund aufsperrte und die Augen ihm glotzend aus dem Kopf traten.

Suzanne war ganz mit sich in der Leidenschaft ihres Werkes allein und achtete nicht auf uns, ihre Hände taten sich auf und zogen sich wieder zusammen, und da war eine Verzückung in ihrem Körper, dass mir schwindelte.

Ganz allmählich erwachte sie, schien müde geworden über diesem furchtbaren Ausdruck des Lebens, und in ihren Gebärden war jetzt noch so viel Unbewusstes, als wäre auch alles Vorige nur in einem Traum geschehen.

In der Ferne kam schon der Dampfer von Jersey, und das war für uns das Zeichen zur Heimfahrt.

Der folgende Tag war ein Sonntag, und wir fuhren nicht hinaus. Gegen Abend aber ging ich hinüber zur Hütte.

Suzanne saß auf der Bank und hatte eine Katze auf dem Schoß. Der alte Birot war im Wirtshaus beim Most, und Leon hockte im Garten auf einem halb faulen, umgestülpten Boot und las in einem Buch über Entdeckungen und Erfindungen.

Ich setzte mich zu Suzanne auf die Bank und fragte, wie es ihr gehe.

»Nicht schlecht«, sagte sie und sprach dann nicht mehr. Sie strich der grauen Katze, die leise schnurrte, langsam über den Rücken und hielt sich still. Sie wollte allein sein. Ich empfand es deutlich. Aber ich hatte auch gar nicht die Absicht, sie zu stören.

Vom Strand her drangen die kreischenden Laute spielender Kinder herüber. Manchmal war mir, als ob jemand weit in der Ferne singe. Über dem Wasser lag eine schwere unverrückbare Ruhe. Kein Schiff war zu sehen. Nur in der Gegend von St. Malo schwammen dunkle Punkte, ein paar kleine Boote, wie Fliegen hingestreut auf einen weißen Spiegel.

»Werden Sie morgen wieder mitfahren?«, fragte ich Suzanne, nur um endlich etwas zu sagen.

»Nein«, sagte sie, »ich bin heute unruhig, weil ich gestern mitfuhr, und ich darf nicht mehr unruhig werden ...«

Dies verstand ich. Sie durfte nicht mehr unruhig werden. Jemand, der seine Vergangenheit und Zukunft so still und klar geordnet hatte wie Suzanne, durfte nicht mehr unruhig werden.

»Aber kann es nicht auch auf dem Land, sogar während Sie hier sitzen, über Sie kommen?«, forschte ich weiter.

Suzanne schaute mich staunend und unsicher an.

»Ich meine«, fuhr ich fort, »wenn noch etwas in Ihnen wäre, das heraus möchte, das stark und lebendig wäre, dagegen kann man doch nicht an ...«

Dies war gewiss auch nicht leicht zu erklären. »Könnten Sie nicht das Verlangen haben, etwas Fernes und Unbekanntes zu erleben, zu sehen oder zu hören?«

Suzanne hatte die Katze vom Schoß genommen und neben sich auf die Bank gesetzt: »Wie denken Sie sich das ...?«

»Haben Sie nie das Empfinden, dass Ihnen noch ganz anderes und Unerwartetes bevorstehen könnte, dass Sie sich daran aufzurichten vermöchten und plötzlich noch völlig neue Dinge zu überlegen hätten?«

»Ich weiß, was mir bevorsteht ...« Suzanne sprach ergeben, wie jemand, der von der Mühe des morgigen Tages spricht.

»Aber denken Sie nie an die anderen Mädchen im Dorfe, die sich von der Zukunft so viel erhoffen, die am Sonntag mit den Burschen tanzen gehen, oder sich schöne, seidene Bänder kaufen in Paramé ... Denken Sie nie daran?«

»Dies ist alles nicht für mich ...«

»Das könnte aber ein ganz törichter Glaube sein, den Sie vielleicht einmal bereuen werden. Haben Sie nie Angst, dereinst zu erfahren, dass Sie viel versäumt haben?«

»Angst? Kann man eine solche Angst haben?« Suzannes Augen sahen mich grell glänzend und aufmerksam an.

»Gewiss, es gibt sogar Menschen, die sie so tief in sich haben, dass sie darüber zu keinem Genuss kommen ...«

»Sind diese Menschen komisch!«, meinte Suzanne dazu mit ernstem Gesicht. Dieser neue Ausblick aber schien sie doch zu beschäftigen. Sie lehnte sich zurück und atmete langsam und in tiefen Zügen durch den etwas offenen Mund die Abendluft ein. Dann drehte sie den Kopf ein wenig zu mir und lächelte wehmütig und neugierig: »Es hat noch niemand so zu mir gesprochen!«, »nein, noch niemand«, setzte sie nach einer Pause hinzu, als hätte sie erst die vielen Bilder ihrer Vergangenheit geprüft, ohne einen ähnlichen Zug darin zu finden.

»Und noch eins«, hub ich wieder an. »Stellen Sie sich vor, dass es Ihnen, wenn es schon fast zu spät wäre, einfiele, dass Sie nie einen Menschen geliebt haben.«

»Das habe ich wohl getan«, unterbrach sie mich. »Ich liebe den Großvater und Leon und auch die Mutter und den Vater, die in St. Malo arbeiten, und die Sie nicht kennen ...«

»Ich meine nicht das ...«

»Dann liebe ich noch die Heilige Jungfrau, ich bete jeden Morgen in der Kapelle vor ihrem Bilde und trage Blumen hinein. Sie ist gütig zu mir und liebt mich auch und wird mich bald zu sich nehmen. Ist das keine Liebe?«

»Doch«, sagte ich und schwieg.

Aber Suzannes Neugier war geweckt. Sie warf ab und zu einen prüfenden Blick nach mir, faltete die Hände und ließ sie wieder spielend über ihre Schürze gleiten.

Und plötzlich sagte sie: »Woran haben Sie denn gedacht?«

»Ich dachte an die Mädchen im Dorf, die ihre Burschen lieben und sie küssen im Dunkeln und sehr glücklich sind ...«

Suzanne hatte eine Sekunde ein schalkhaftes Zucken um den Mund, fuhr sich unwillkürlich einmal über ihr straff gekämmtes Haar und lacht kurz und kichernd. Wie sie gestern im Boot gelacht hatte.

Und da begab sich wieder etwas Unerwartetes, das mir den Atem anhielt. Suzanne nahm meine rechte Hand und legte sie sich auf den Schoß, wie um damit zu spielen. Sie streifte den Handrücken mit ihren heißen, vom Fieber kranken Fingern wie in einem unendlichen Orange, irgendetwas zu kosen, beugte sich nieder, als wollte sie das näher sehen, was sie vor sich hatte, und ihre Wangen begannen zu glühen, als erwärmte sie eine große Seligkeit.

Wie sie sich aber darauf nach mir umsah, war ihr Blick ganz starr und ferne abwesend, und ich wusste, dass sie mich hielt, ohne zu denken, dass die Hand zu mir gehörte, und dass alle Liebkosung nur auf die Hand und nicht auf mich kommen sollte und alles in allem schließlich nur ein dumpfer Drang war.

Mir schien aber, als wüsste Suzanne jetzt, dass sie die Unruhe auch auf dem Lande erfasst hatte.

Die kommenden Tage fuhren wir wieder hinaus, aber Suzanne fehlte. Sie saß gegen Abend immer allein auf der Bank vor der Hütte in stiller Meditation. Oftmals setzte sich auch wieder der Pfarrer neben sie, und wenn wir dann nach Hause kamen, war ihr Gesicht lächelnd und heiter.

Eines Tages aber, als wir zurückkehrten, war sie nicht mehr allein. An ihrer Seite lehnte ein junger Mensch, den ich früher kaum gesehen. Suzanne aber hielt seine rechte Hand, als wäre diese Hand immer dazu bestimmt gewesen, von ihr gehalten zu werden, und sie ließ sie auch nicht los, als wir näher traten.

Wie sich das nun fast jeden Tag wiederholte, wurde der alte Birot ganz gerührt und einmal fragte er mich: »Glauben Sie, dass sie ihn liebt?«

Er sagte dies, als ob da etwas wunderbar Unmögliches vorgegangen wäre.

Auch Leon betrachtete das Paar fast mit Ehrfurcht. Denn wer wollte einer Schwester, die bald sterben wird, dieses Glück missgönnen? Suzanne stand für alle schon außerhalb der Welt und ging nun mit diesem Wunsch nochmals eine Strecke zurück, die sie eigentlich längst hinter sich hatte. Es war da eine Stimmung in sie eingezogen, die gar nicht zu ihrem Beruf gehörte.

Dies fanden die unverbildeten Herzen dieser einfachen, armen Menschen rührend. So ließen sie das Paar in seinem Frieden und niemand störte sie.

Suzanne machte mit dem jungen Menschen oft Spaziergänge am Strande, sie setzten sich in den warmen Sand, sprachen nichts und waren sich nur sehr nahe.

Manchmal dachte ich mir: Sie sieht auch diesen nicht, wie sie mich nicht sah, trotzdem sie meine Hand hielt.

Es folgten ein paar kühle Tage, und die Herbststürme waren schon im Anzug. In der Nacht donnerte das Meer und warf das Wasser hoch in die Felsen. Suzanne fühlte sich viel elender und saß nun in der Stube am Fenster. Sie sagte oft: »Jetzt wird es nicht mehr lange dauern ...« Aber ihre Stimme klang dabei so traurig, als ob doch vieles in ihrem Herzen anders wäre und sie sich ihrer hohen Bestimmung nicht mehr so sehr freute.

Und eines Abends, als wir unten am Ufer standen und die Boote weit heraufgezogen hatten, während der Sturm brüllte und die Wellen auf den Strand krachten, als wollten sie ihn aushöhlen, da kam der junge Mensch den Hang herabgelaufen und schrie, Suzanne sei am Sterben. Wir stürzten hinauf, aber es war nur eine Ohnmacht.

Die beiden hatten sich geküsst, und ihr fieberndes Herz konnte keinen Atem mehr finden. Dies gestand der Junge zitternd, als ob er ein Verbrecher wäre.

Der alte Birot aber fuhr ihm zärtlich mit der Hand über das Gesicht, wie wenn er ihm danken wollte, dass er dem Kinde noch so viel gewesen sei.

In jener Zeit musste ich reisen. Suzanne starb erst im Februar. Leon schrieb mir davon auf einer Karte; sie sei zuletzt wieder voller Ruhe gewesen. Der Poststempel war von St. Malo, und Leon fügte stolz hinzu, dass er jetzt in der Lehre und in drei Jahren Mechaniker sei.

Das unvergänglich Schöne aus jenen Tagen ist mir Suzanne und die Bewegungen ihres Herzens. Sie hatte erst spät die Liebe entdeckt und dann, was als das Wunderbare erschien, ihre Wünsche zugleich auf den Tod und das Leben verteilt. Und dies in einer Harmonie, die andächtig war. Darin hatte sie ein viel höheres Gesicht als wir, die wir nur das eine oder das andere kennen, keinen Ausblick mehr haben über das fatale Ende unserer Lage, im Tiefsten stets etwas ängstlich sind und vor allem ruhelos ...

Die singenden Krüppel

Es war vor Jahren in Paris. Mein einziges Zimmerfenster ging damals auf eine Gasse ohne Ausgang, in der die Pflastersteine fausthoch aus dem Boden stachen. Dazwischen wuchs Gras, faulten Früchte und alles Übrige, was nach dem Frühstück aus den Türen geworfen wurde. Mit anderen abenteuerlichen Seelen war ich in der Pension der alten Madame Billeur.

... Ach, das von der Madame Billeur ist wieder eine große Geschichte für sich, aus der merkwürdige Begebenheiten wie kuriose Zeichen aufragen. Erst war sie bei einem bourbonischen Prinzen Hausmeisterin gewesen, dann hatte ihr bei einem Hotelbrand das Feuer zwei Kinder getötet, später vermochte sie ihren dritten Mann zu freien, und jetzt stand sie als Witwe, sechzigjährig, mit klappernden Zähnen am Herd, briet junge Hühner und machte zur Artischocke eine wundersame Mayonnaise wie jemand, der vielerlei und sogar hohe Feste erlebt hat und sich wohl nicht träumen ließ, dereinst für dreißig Sous das Kuvert ein Dejeuner zu bereiten für arme, adlige Witwen und junge, hungrige Menschen und einen dicken Abbé, der mit phantastischem Genuss aß.

Die Pension Billeur bestand aus einem kleinen Häuschen, mitten unter riesengroßen Häusern. Es hatte nur eine Etage und über dieser noch ein Mansardenzimmer. In ihm wohnte die Baronin Shanfield, eine weißhaarige, schlanke alte Dame, die, wenn der Abbé einmal ausblieb, bei Tisch das Gebet sprach. Sie war ihr ganzes Leben Erzieherin gewesen, hatte in vielen vornehmen Häusern gebetet und die Worte flossen ihr in schöner Betonung, ohne parteiisch zu werden, von den Lippen. Wenn sie geendet, war immer nachher eine Weile eine ruhige, friedliche Stimmung an der Tafel. Wenigstens solange, bis man die Hors d'Oeuvres gegessen hatte. Ganz anders beim Abbé. Er litt an Asthma und hatte nur einen kurzen Atem. So zerschnitt er die einzelnen Sätze, und da es ihm die Stimme zuweilen ganz verschlug, gluckste er oft auf eine recht komische Weise. Und dann war die ganze Andacht gestört. Er hielt auch nicht so viel aufs Beten, wie die alte Baronin, die dabei den Blick in schöner Ruhe auf ihre gefalteten Hände gerichtet hielt und erst wieder aufschaute, wenn das letzte Wort verklungen war. Und auch diesem hörte sie noch einen Augenblick nach. Der Abbé aber schaute während der frommen Handlung auf das Menü, das stets vor seinem Teller liegen musste, und wenn es zur Vorspeise nur Sardinen gab, grollten seine Worte, und er verschluckte sich manchmal vor lauter Ärger und Missvergnügen. Er hatte sein Zimmer im Erdgeschoß zur Linken vom Korridor, während das meine im ersten Stock unter dem der Baronin lag. So hörte ich sie oft in der Nacht auf und ab gehen und sprechen und wieder lange das Zimmer durchqueren, als ob sie nach etwas suchte, das gar nicht zu finden war. Im selben Korridor mit mir wohnte noch ein junges Mädchen, die Freundin eines Kaufmannes, ferner eine Witwe aus Nantes und auch Mr. Le Duc, ein Bretone, der schon jahrelang über eine neue Art von Dampfpfeifen nachstudierte und mir damals in den technischen Wissenschaften nicht unbelesen zu sein schien. Ganz dunkel und von ferne erinnere ich mich auch noch an einen jungen Bildhauer, der nicht im Hause wohnte, und nur zur Mittagstafel kam. Er hatte mit fünfzehn Jahren schon im Salon ausgestellt, seine Kunst aber aus Eigensinn wieder aufgegeben und schickte sich eben an, Schauspieler zu werden. Oftmals rezitierte er sogar bei Tisch, wenn die Stimmen der Damen wie ein Gewitter auf ihn niederprasselten, mit Emphase Worte des Hippolyt aus Racines Meisterwerk: »Tant de coups imprévus m'accablent à la fois, qu'ils m'ôtent la parole et m'etouffent la voix.«

Dann trat die alte Madame Billeur, die wusste, was Verse sind, aus der Küche auf den Korridor und hörte mit stillem Gesicht zu. Nach einem derart verlaufenen Mahl konnte sie zuweilen nachher, wenn sie im Bureau in ihrem großen Stuhl saß, von den Theatern in Mailand oder Rom erzählen, wo wie einst mit dem prinzlichen Hofhalt herumgezogen war. Denn Madame Billeur hatte trotz vieler Erinnerungen doch nur diese eine, die sie zur Qual und wieder zur Besänftigung ihres Herzens von Zeit zu Zeit aufwecken musste.

Nach Tisch lagen wir in jenen warmen Vorsommertagen unter unseren Fenstern. Denn damals hatten wir alle unendlich viel Zeit. Es wohnte kaum jemand im Hause, der von der Gegenwart oder der Zukunft etwas Besonderes und Großes erwartete. Die einen hatten schon alles hinter sich und waren so still geworden, dass es sie kaum mehr gelüstete, die Ordnung ihrer Vergangenheit durch neue Erlebnisse zu stören. Und wir Jungen und Jugendlichen dachten vielleicht an ein paar Späße des Augenblickes, ohne auf uns selbst oder das Leben Hoffnungen zu setzen. Denn woher hätten wir auch die Veranlassung dazu nehmen sollen? Manchmal denke ich mir heute auch, dass jene so glückliche, fast wunschlose

Zufriedenheit, die uns alle in ihren Armen hielt, wohl auch durch die Ruhe und Monotonie unseres Quartiers und unserer Gasse geschaffen wurde, denn es ist ja leichter, auf einen Hof zu sehen, in dem nie ein neues Gesicht auftaucht, und so über die Wochen hin einzuschlafen, als ohne Sehnsucht an einem Boulevard zu wohnen, wo die Frauen und der Luxus und alle Bewegungen des Lebens tagtäglich vorbeiziehen.

Unser einziges Vergnügen waren die singenden Krüppel, die in jener Gegend so üppig gediehen wie die gelbgrünen, kranken Pflanzen in den dunklen Kellern, uns aber, die wir von unseren Fensterbänken auf sie nieder sahen wie auf Figuren, die durchaus in unsere Umgebung passten, manche bunte Unterhaltung verschafften. Und einer war darunter, der mir sogar der Anlass zu einer großen Verblüffung wurde. Doch davon nachher.

Zuerst erschien täglich die blinde Greisin mit dem Camembert. Wenn sie in unsere Gasse einbog, begann sie mit fast krähender Stimme:

»O toi, la rose de Grenada
Carmen que j'amais sans espoir,
Je t'ai chanté ma sérénade
Sous les arceaux d'un beau Soir ...«

Und nach jeder Strophe hielt sie ihren kleinen Wagen an, den mit ihr ein Junge zog, und rief melodisch wie ein Kuckuck: »Camembert! ... Camembert! ...« Und es gab oft Leute, bald ein Dienstmädchen, bald ein junger Mensch, die aus den Häusern traten und von ihrem Käse kauften. Dann humpelte sie weiter in ihren großen Holzpantoffeln, die bei jedem Schritt klapperten.

Unsere Unterhaltung war nun im Gange. Unten sah der dicke Abbé aus dem Fenster, neben mir Mademoiselle Rose, die Freundin des Kaufmanns, am nächsten Fenster Mr. le Duc, der Ingenieur, und wenn der junge Bildhauer noch zufällig aus dem Esszimmer zu einer Zigarette heraufgekommen war, machte er sich oft das Vergnügen, das Echo der alten Frau zu spielen, und rief hinter dem Vorhang: »Camembert! ... Camembert! ...«, worauf sich die Alte umdrehte und mit solcher Schnelligkeit eine grässliche Flut von furchtbaren Schimpfreden heraufschleuderte, dass wir jedes Mal wieder neu erstaunt waren und oft darüber nachdachten, was für einen Lebensberuf dieses Weib vor seiner Blindheit bekleidet haben möchte, und auf welche Art sie etwa zu diesem unheimlichen Fluss der Rede gekommen war.

Dann lag die Gasse wieder in sonniger, mittäglicher Stille. Der Abbé las in einem Roman, wir lachten über unsere kindischen Witze, und der Architekt mit dem schönen blonden Bart, der in der Etage gegenüber wohnte, beugte sich über seine Zeichnungen, indes seine Frau, eine große Brünette, nebenan im Schlafzimmer ihr Haar zu kämmen begann, um sich zu einem Gang in die Stadt zu rüsten.

Bald kam nun der erste Orgelspieler um die Ecke. Er hatte sein Käppchen auf dem Orgelkasten liegen, der mit Rädern versehen war und wie ein kleines rollendes Klavier durch die Gasse geschoben wurde. Der erste Orgelspieler hatte nur die rechte Hand – die linke war verkümmert – und mit dieser drehte er die Kurbel. Das Instrument spielte nur: »Ma Normandie ...« und »Lia ma mia ...« Wir langweilten uns, warfen vom Fenster einen Sou hinunter, worauf er schnell weiter ging. Er hielt auch nur vor den Häusern, bei denen er aus Erfahrung Geld bekam. Die übrigen mied er, denn er hatte es etwas eilig, was man versteht, wenn man bedenkt, in wie vielen Höfen und Gassen ein solcher Krüppel stehen muss, um nur einen kleinen Teil von Montrouge oder Malakoff zu besuchen.

Die Witwe mit den beiden Kindern, die täglich die dritte war, ließ zuweilen etwas auf sich warten. Aber wir konnten ihr darob nicht gram sein. Sie war das einzige der singenden Wesen mit gesunden Gliedern und noch leidlich hübsch. Stets reinlich und schwarz gekleidet, führte sie ihre beiden Kleinen an der Hand und trug oft ihren großen Witwenschleier so tief, dass ihr Gesicht kaum zu sehen war. Mit schöner, unsäglicher Leidensmiene stellte sie sich stets vor das Fenster des Abbé – denn sie wusste, wem Ehre gebührte – und sang dann mit trauriger Sopranstimme: – nach der Melodie: »Bonjour Mimi ...«

»Si vous voulons être heureux

Nuit et jour toujour joyeux,

Il faut savor vivre à deux,

Car c'est ainsi que le coeur

S'enivre de vrai bonheur

Et de l'amour ressent toute l'ardeur.«

Über diesen Ratschlag waren wir uns damals alle einig und warfen ihr zwei Sous hinunter, indes der Abbé sich weit aus dem Fenster bog, um sein Almosen selbst und mit Ernst in die Hand der jungen Witwe zu legen. Zuweilen geschah es auch, dass die Baronin Shanfield zugehört hatte, und dann flog ein weißes Papier, worein sie ihr Geldstück sorgsam gewickelt hatte, an unseren Nasen vorbei aufs

Pflaster. Die Witwe schaute auf und sagte laut hörbar: »Merci, Madame«, während sie zu unseren Gaben nur traurig nickte.

Nach der Witwe folgten wieder Drehorgelspieler und zwar zwei Brüder, denen jedem ein Fuß fehlte, und komischerweise dem einen der linke und dem anderen der rechte. Erst hielt er eine kleinere Rede, worin er von ihrem Unglück im Kriege sprach und von ihren Wunden, nannte die Schlachten und Orte aus Ostfrankreich, und die Tage von 1870 zogen oft an unserem Auge vorbei, wenn der ältere mit fester, heldenhafter Stimme ihren Kampf und ihr Opfer für das Vaterland deklamierte.

Die schönste Stimme aber hatte ein junger Invalide, der zwar nicht jeden Tag erschien, aber alle Frauen an die Fenster lockte. Sein Kopf war schön und seine Augen schwärmerisch. Er sang feurige Liebeslieder und würde wohl auch manches Herz beunruhigt haben, wenn ihn nicht sein linker, verkrüppelter und darum kürzerer Fuß gebeugt und fast zur Erde gezogen hätte. Er war der einzige, den wir mit unserm Mitleid umgaben, und Mademoiselle Rose verschwor sich oft bei der heiligen Jungfrau, sie würde ihn lieben, wenn er gerade und gesunde Beine hätte. Wir tauften ihn Fernando, und er war für Mademoiselle Rose fast unwiderstehlich, wenn er leicht und graziös anhub:

»Par une belle matinée
Lise passa sur mon chemin ...«

So hatten wir jeden Nachmittag ein buntes Programm, und weder die blinde Greisin mit dem Camembert, noch die Witwe mit den Kindern, noch die invaliden

Orgelspieler oder Fernando wären uns verdächtig erschienen, wenn ich nicht eines Abends eine kleine Promenade hinunter nach der Rue de la Gaîté gemacht hätte. Ich schlenderte gelassen und wollte nach der Gaîté Montparnasse, als ich vor einem kleinen Restaurant eine Menschengruppe sah. Es war da eine Hochzeitsgesellschaft, die im Freien tafelte und sich von einem Gaukler und Zauberkünstler allerlei Späße vormachen ließ. Eben führte der Mensch auf einer mit Sand bestreuten Plattform einem jener amerikanischen Steps vor und tanzte dabei wirklich mit Virtuosität. Dann ließ er Gegenstände in einem Hut verschwinden, brachte auch eine Waschschüssel aus dem Zylinder des Bräutigams zum Vorschein, was eine große Heiterkeit ergab. Wie erstaunte ich aber, als er nun plötzlich zu singen anfing: »Par und belle matinée ...«

Es war Fernando. Der Tänzer, Akrobat und Taschenspieler war Fernando.

Ich war maßlos verblüfft. Fast erschrocken über diese Entdeckung. Schon trat er wieder zu einer neuen Darbietung an. Mehr aus Verwunderung, denn in der Absicht mir seine seltsame Verwandlung erklären zu lassen, setzte ich mich an einen Nebentisch und wartete geduldig, bis er sein ganzes Repertoire abgespielt hatte. Darauf wurde er von der Gesellschaft abgelohnt, setzte sich in meine Nähe und bestellte sein Abendbrot.

Sobald er mich sah, grüßte er mich höflich, rückte näher und fragte, wie mir seine Künste gefallen hätten.

»Sehr gut«, antwortete ich, fast starr vor Erstaunen über seine perfide Heuchelei, und ich war nun fest entschlossen, ihm nahezulegen, dass ich nicht geneigt sei, mich von seiner Frechheit einschüchtern zu lassen.

Fernando aber plauderte vergnügt weiter, zog Spielkarten aus der Tasche und sagte: »Ich will Ihnen einen ganz neuen Trick zeigen ... Es sollen nach dem Mischen alle neun Karten derselben Farbe herauskommen ...« Mit virtuoser Fertigkeit begann er das Spiel.

Ich aber sagte, indem ich ihn ebenso kühl wie ironisch ansah: »Ich habe vor allem Ihren Tanz bewundert. Sind Sie nicht früher einmal körperlich leidend oder doch wenigstens an solchen Übungen verhindert gewesen?«

»Niemals«, meinte Fernando aufmerksam, sah mich dann aber doch etwas misstrauisch an. Ein paar Atemzüge lang schien er in seiner Erinnerung zu suchen, dann sagte er ruhig und lächelnd: »Ach so ... Sie sind der Herr ...«

»Ja«, unterbrach ich ihn und wartete mit hämischem Gesicht auf seine Erklärung.

»Ich kann mir ja denken«, hub jetzt Fernando an, »dass Sie es etwas seltsam finden, mich hier nicht als Blinden, sondern als Tänzer zu sehen ...«

»Wie meinen Sie das?« Ich muss in diesem Moment meine Augen ganz entsetzt auf ihn gerichtet haben, denn er wurde ein wenig verlegen und fast ungeduldig.

»Entschuldigen Sie, dass ich mich in Ihnen getäuscht habe«, begann er von neuem, »und schaffen wir, um Sie nicht länger irre zu führen, Klarheit in unsern Fall. Sagen Sie mir aufrichtig: haben Sie mich als Blinden oder Buckligen oder als Krüppel mit verwachsenem Fuß gesehen?«

»Sie sind der infamste Halunke, der mir je begegnet ist«, sagte ich ihm leise und bedeutsam ins Gesicht. »Als Krüppel mit verwachsenem Fuß habe ich Sie gesehen.«

»Ach ja ...« Fernando, der mich nun richtig erkannt hatte, lachte laut wie ein unverschämter, ausgelassener Junge. »Sie sind der Herr aus der Pension der alten Billeur.«

»Aber woher nehmen Sie die Impertinenz, dem ganzen Quartier diesen Betrug vorzuspielen und dazu so frech und schamlos?«, examinierte ich ihn weiter.

»Ereifern Sie sich bitte nicht so sehr, mein Herr«, bat Fernando, und sah mich mit dem rührenden Gaunerblick seiner vieldeutig schimmernden Augen an. »Sonst wird die Gesellschaft am Nebentische aufmerksam, und mir ist hier in diesem Lokal, wo ich jeden Samstagabend als Tänzer und Jongleur auftrete, das ganze Geschäft verdorben.«

»Ich dämpfte mein Organ und fragte milder: »Aber Sie sind doch wohl geneigt, mir eine Erklärung abzugeben?«

»Sehr gerne.« Fernando hatte plötzlich einen mokanten, fast geistreichen Zug um den Mund. »Sie geben doch zu, dass die Krüppel zu unserer Stadt gehören wie die Soldaten und die Handwerker und die Beamten und die vornehmen Herren. Wir sind zum Bilde der Straße nötig wie die kleinen Mädchen und die schönen Frauen. Wir haben zudem eine große sittliche Mission: wir halten das Gefühl des Mitleids in den Menschen wach. Und dies ist gewiss ein schöner Beruf. Auch sind wir für viele eine Wohltat, ähnlich wie die Kirchen ...«

»Aber Sie wollen doch nicht sagen, dass die Institution der Krüppel, die Sie fordern, mit der Kirche Ähnlichkeit hat?«

»Gewiss. Wie viele beglückt es, der Kirche zu opfern, um dadurch Vergebung für Laster und Segen vom Schicksal zu erhoffen. Dieselben Menschen geben auch uns und genau aus denselben Gründen. Wir sind die Wesen, an denen das Gebot der Nächstenliebe öffentlich ausgeübt werden kann. Und eine solche Institution muss da sein zur praktischen Pflege der Religion und auch zur allgemeinen Beruhigung.«

»Sie sind unverschämt«, warf ich ein. »Aber wenn ich Ihnen dies alles zugebe, liegt darin noch keine Entschuldigung für Sie und Ihre Maskerade, denn es gibt genug unglückliche Menschen, die der Mildtätigkeit bedürfen, und die Sie so um ihre Almosen bringen.«

»Darin liegt etwas Wahres«, meinte Fernando gleichmütig. »Aber ein wirklicher Invalide vermag nur selten die Barmherzigkeit zu erwecken wie ein Gaukler. Er denkt zu sehr an seinen Schmerz, nicht an den Eindruck, den er zu machen hat. Ähnlich wie Sie die wahrhaft Unglücklichen kaum erkennen, weil sie in sich gekehrt und scheu sind. Wir dagegen vertreten unseren Stand besser, vielseitiger und eindrucksvoller ... Welchen von allen Bejammernswerten, die Sie täglich in Ihrer Gasse sehen, halten Sie für den Langweiligsten?«

»Den einen Orgelmann – », sagte ich, ohne mich zu besinnen.

»Sie haben sehr gut geurteilt«, sprach Fernando triumphierend. »Er ist auch der einzig echte Krüppel.«

»Sie wollen doch nicht etwa sagen ...?«

»Ja, das will ich.« Fernando war fast kühn geworden. »Was halten Sie von den beiden Invaliden mit der Orgel?«

»Sie sind, wie sie selbst sagen, im Krieg von 1870 verwundet worden; bei Gravelotte, wenn ich mich nicht täusche.«

»Wie alt schätzen Sie die beiden?«

»Vierzig Jahre«, meinte ich.

»Ich auch – », spöttelte Fernando. »So sind sie also ungefähr am Tage von Gravelotte geboren ...«

» .... ???«

»Aber die blinde Frau mit dem Camembert ...«, wagte ich nach einer Weile noch schüchtern einzuwenden.

»Die hat den ganzen Vormittag die Augen auf«, lachte Fernando, »sie wird nur nachmittags blind, weil sie in gesundem Zustand zu wenig Käse verkauft. Sie ist eine ehrsame Frau und die Gattin eines Krämers aus der Rue Boissonade.«

Der Kellner trug Fernando in diesem Augenblick das Essen auf.

»Sie müssen mich entschuldigen«, sagte er, »wenn ich esse ... Ich habe heute Nacht noch viel zu tun. Ich bin auf zwölf Uhr noch zu einer anderen Hochzeit geladen ... Und« – fügte er noch schalkhaft hinzu – »wenn auch alle angeführten Motive aus einer Komödie wären, so müssen Sie doch zugeben, dass wir Krüppel Sie schon manchen Nachmittag unterhalten haben. Und um diesen Preis wird sich auch mancher eine Farce gern gefallen lassen!«

»Sie sind ein unheimlicher Schurke – », raunte ich ihm zum Abschied zu.

»Gott sei Dank – », lachte Fernando und begann mit Sorgfalt seinen Fisch zu zerteilen.

Man wird es erklärlich finden, dass ich die folgenden Tage etwas gespannt auf Fernando war. Er kam auch wie gewöhnlich in vollkommener Maske als Krüppel mit verwachsenem Bein. Alle Demut schien um sein Haupt zu strahlen. Kein Zucken seiner Lippen, kein Blick seiner abgründigen Augen zeigte mir gegenüber eine Konzession. Er war ein charaktervoller Schauspieler, der nicht mit der Menge kokettierte. Ich sprach ihn nie mehr. Aber noch wochenlang warf ich ihm und den anderen die Sous-Stücke hinunter, und er sang – da verstand ich erst die Ironie all dieser Gesänge –

»Par une belle matinée

Lise passa sur mon chemin ...«

Der einsame Kavalier

Ich wäre durch nichts veranlasst worden, über Adolf Suair etwas Abseitiges zu denken, wenn mich nicht eines Tages Bessy Lund besucht hätte. Und damals kannte ich ihn doch schon fünf Jahre. Aber wie ich eben durch Bessy Lund über ihn zu einer anderen Ansicht oder überhaupt zu einer Meinung kam das will ich hier erzählen.

Es gibt in jeder Stadt einige von jenen Herren, die sich immer gegen Abend auf den Promenaden zeigen, mit prüfenden Gesichtern auf und ab gehen, hie und da mit gemessener Bewegung eine junge Dame, die im Wagen vorbeifährt, oder einen älteren Freund grüßen und tun, als ob ihnen diese Form der Repräsentation nicht nur Pflicht, sondern zugleich ein brennendes Lebensbedürfnis wäre. Wie ewige Wanderer müssen sie täglich nach sechs Uhr zur Stelle sein, um zu sehen und zu erfahren, wer seine Ausfahrt gemacht, wer von der Reise zurück ist, wie die Frühjahrs- oder Herbsttoiletten einzelner aristokratischer Damen geworden sind, ob etwa ein neuer Star der Halbwelt aufgetaucht ist ... kurz, sie wollen über die Unzahl unwichtig wichtiger Dinge Gewissheit haben, um sie abends in den Klubs oder in den Familien zu erzählen.

Ja, bis zu einem hohen Grad bedeutet es für sie auch eine rein persönliche Beruhigung, derart in der kleinen Chronik der Stadt orientiert zu sein, und scheint nichts anderes, als wenn jemand zu demselben Zweck nach der Tagesarbeit ein Zeitungsblatt zur Hand nimmt. Nur dass viele dieser Herren kaum eine Tagesarbeit haben und andererseits ihr Interesse sich auch zumeist auf Dinge bezieht, die kaum aus bedruckten Spalten erfahren werden können. Einige unter ihnen stehen auch bei den blonden jungen Mädchen im Ruf großer Abenteurer, und sie werden oft gesehen, wie sie bei anbrechender Dunkelheit einer eleganten Dame nachsteigen, nach kurzer Zeit den Hut lüften und erregt auf die schöne Frau einsprechen, worüber schließlich selten jemand was erfährt, welche Tatsache jedoch für viele jugendliche und neugierige und phantasievolle Menschen ein Grund zu unerhörten, grotesken Gedanken und Kombinationen wird.

Zu diesen Geheimnisvollen gehörte auch Adolf Suair. Er war mittelgroß, glattrasiert, sein Alter kaum mit irgendeiner Sicherheit zu sagen. Stets vornehm und mit gutem Geschmack gekleidet, erschien er täglich zum Cercle auf der Promenade und machte stets den Eindruck von aristokratischer Ruhe und Zurückhaltung. Er zeigte sich freundlich und bescheiden zugleich, nach der Art jener Menschen, die es nicht nötig haben, nach außen durch laute Gesten irgendwie aufzufallen, sondern denen durch die ganze Form ihrer Erscheinung schon ein nachhaltiger und im feinen Sinn besonderer Eindruck verbürgt ist. Über seine Beziehungen zu den Frauen war oft ein Gerede, er hatte auch wiederholt Duelle gehabt, später auch einmal, wie es hieß, für eine Sängerin des Operettentheaters große Summen, nach bürgerlichen Begriffen ein Vermögen, verschwendet ... Aber dies alles lag noch vor meiner Zeit. Als ich ihn kennenlernte, schien er mir in der Mitte der Dreißig zu stehen, und seine leise verwitterten Züge zeigten schon eine gewisse Überlegenheit und zarte Ironie gegenüber allen ausgelassenen und stürmischen Affären; über ihn selbst wurde nun auch weniger gesprochen, das heißt: er hatte schon längst die gefestigte Reputation eines

Genießers und Lebemenschen, und dies stand in allen Familien fest, dass sich Adolf Suair nie verheiraten würde. Die jungen Mädchen betrachteten ihn mit jener Neugier und Scheu, die sie gegenüber Dingen und Personen haben, die etwas Apartes und fast Gefährliches sind, und manche junge Dame, ja auch manche kleine Modistin träumte wohl davon, von ihm einmal in abendlicher Stunde angesprochen zu werden, denn es ging das Gerücht, seine Anträge seien ungeheuerlich und sein sonst etwas spöttischer Mund könnte ohne weiteres die furchtbarsten und jede Erwartung verblüffenden Dinge sagen.

Soviel ungefähr wussten wir alle von ihm, und wir behandelten ihn freundschaftlich und mit jener Distanz, die seine Natur von selbst nahelegte. Da besuchte mich eines Tages Bessy Lund unter dem Vorwand, meine Bilder zu sehen. Aber da das Studium von Bildern und Porzellan in einer Junggesellenwohnung stets ein auf gute Art geformter Vorwand ist, erwartete ich irgendeine Überraschung. Dass es sich freilich um Adolf Suair handeln könnte, war meinen Gedanken mondfern.

Als nun Bessy Lund mir gegenüber saß, Tee schlürfte und in eine Scheibe Toast mit Butter ihre gesunden Zähne eingrub, begann sie: »Ich habe ein großes Anliegen, wobei ich vollständig auf Ihre Diskretion bauen muss ...«

Ich rückte mich im Stuhl zurecht und erwartete ihren Wunsch.

Bessy Lund begann von neuem: »Wir sind jetzt längere Zeit befreundet, sogar Kameraden ...«

Sie hielt einen Moment inne, besann sich und fragte dann abrupt: »Nicht wahr?«

»Gewiss, gewiss ...«, beeilte ich mich. »Sie verstehen es sehr, mich durch gut verteilte Spannungen zu reizen ...«

»Nun denken Sie – », hub sie wieder an, »es handelt sich um eine seltsame Angelegenheit, die mich schon seit Tagen beschäftigt, und für die ich durchaus keine Erklärung finden kann.«

»Und die erwarten Sie von mir?«

»Ja – von Ihnen ...« Bessy Lund hatte ihren blonden Kopf etwas zurückgebogen und strich sich mit der rechten Hand den Schleier von der Stirne zurück.

»Nun also ... Fangen Sie an ...« Und Bessy Lund fing wirklich an. Sie sagte: »Sie werden wohl manches, was ich Ihnen jetzt erzähle, etwas komisch finden, aber ich bitte Sie dennoch, mich nicht zu unterbrechen ...«

»War es mir je möglich, eine Ihrer Reden zu unterbrechen?«, wagte ich noch einzuwenden.

Aber Bessy Lund fuhr fort: »Sie kennen den schlanken, glattrasierten Herrn, der fast jeden Abend auf der Promenade geht?«

»Nein ..., wen meinen Sie?«

»Ich meine Adolf Suair ...«

»Ach so ...?«

»Ich muss Ihnen gestehen, dass ich mich oftmals in Gedanken mit ihm beschäftigte. Glauben Sie ja nicht, dass ich ihn liebe oder auch nur einen Funken von Neigung für ihn hätte. Aber ich hörte, dass er gerne die Damen anspricht.

Er soll deswegen früher sogar Duelle gehabt haben. Dies reizte mich ...«

»Das Angesprochenwerden?«

»Ja ...«

»Also eine reine Neugier.«

»Ja ... Ich hatte mir einen schönen Plan zurechtgelegt. Ich wollte ihn neben mir hergehen lassen, kein Wort reden, am Ende der Allee sollte mein Wagen warten, und ich wollte einsteigen und davonfahren ...«

»Und dies haben Sie getan?«

»Ja ... Aber es war doch nicht ganz so ...

Ich zog ein schwarzes Kostüm an, dazu den Hut mit dem weißen Flügel – Kennen Sie meinen Hut mit dem weißen Flügel?«

»Aber gewiss ...«

»Dazu einen Schleier mit großen breiten Quadranten ... Ich war nicht zu erkennen ...«

»Das kann ich mir denken«, meinte ich gelassen.

»Ich werde es Ihnen gleich beweisen ... So fuhr ich vor zwei Wochen abends um halb acht zur Promenade, ließ den Kutscher warten und ging zu Fuß durch die Große Allee. Mir war schon, als sei er nicht da. Da sah ich ihn ganz unten, fast beim Rondell, mit einem älteren Herrn sprechen. Ich ging weiter und machte eine Besorgung in der Stadt. Wie ich nach einer Viertelstunde zurückkam, promenierte er allein auf und ab. Es war schon am Zunachten. Ich sah ihn gewiss mit keinem Blick an, aber plötzlich hörte ich hinter mir seinen Tritt. Manchmal näher, dann wieder ferner, zuletzt schritt er fast neben mir her. Ich hatte furchtbares Herzklopfen und wollte zu laufen beginnen. Da hörte ich seine Stimme, und alle Angst war weg. Glauben Sie mir: ich weiß kein Wort mehr, was er gefragt hat ... kein Wort mehr ... , aber seine Stimme hat etwas wunderlich Beruhigendes ... Einschläferndes ... Sie sprach jedenfalls das Schönste und Einzige, was man bei diesem Anlass sagen konnte ... Alles war mir wie Musik ... Zuletzt bat er noch, ich möchte am folgenden Tag um dieselbe Zeit in die Kirche hinter der Promenade kommen. Beim dritten Pfeiler im linken Schiff sollte ich mich setzen und auf ihn waren. Und denken Sie, ... ich ging hin. So feierlich und schön war es in dem dämmrigen Raum. Ringsum gebrochenes Licht durch die farbigen Scheiben, eine alte Frau kniete in der Nähe und betete ... Und ich wartete auf ihn ... War das nicht seltsam?«

»Oh ja ...«

»Aber er kam nicht ... Auch am folgenden Tag nicht ... Denken Sie, da empfand ich, wie kaum jemals in meinem Leben, die Qual des Wartens, ich teilte die Stunde, die ich da saß, in ihre vielen kleinen Teile ein und diese wieder in ihre Teile ..., zählte die Atemzüge ..., aber er kam nicht. Da griff ich zu einer List. Ich kleidete mich völlig anders als beim ersten Mal. Trug ein helles Schneiderkleid, einen runden großen Hut mit blauer Feder und einen Kometenschleier ..., undurchdringlich dicht ... Am ersten Abend sah ich Adolf Suair nicht, aber am zweiten. Er erkannte mich nicht wieder, sprach genau wie früher und doch wieder anders. Und zuletzt kam das mit der Kirche ... Wieder wartete ich umsonst ... Er kam nie. Was meinen Sie nun dazu?«

»Das ist sehr einfach. Ich meine, dass Adolf Suair Sie düpiert hat ...«

»Nein, das glaube ich nicht«, sagte Bessy Lund so bestimmt, dass ich nicht darauf antwortete. »Mir ist«, fuhr sie fort, »als ginge Adolf Suair überhaupt zu keinem Rendezvous, als sei da ein Geheimnis, das zu enträtseln wäre ...«

»Da würde ich ihn drum befragen ...«

»Wie denken Sie sich das?«

»Sie halten ihn doch für einen Gentleman. Gehen Sie zu ihm hin und sagen Sie ihm: Sie interessieren mich durchaus nicht, aber ich habe mich aus Neugier von Ihnen ansprechen lassen ... Ich war sogar Ihnen gegenüber Verwandlungskünstlerin –, aber Sie sind nie zum Rendezvous gekommen ... Da das Ganze für mich nur eine Komödie war, möchte ich mir von Ihnen jetzt nur diese seltsame Schlusspointe erklären lassen.«

»Aber könnte er daraus nicht doch noch falsche Schlüsse ziehen?«

»Wenn Sie dabei Ihr aristokratisches Gesicht aufsetzen, gewiss nicht. Er wird Ihnen vielleicht ein Märchen erzählen, vielleicht auch was Unerwartetes, und Sie kommen dadurch zu einer aparten Erinnerung.«

Nun war Bessy Lund etwas beruhigt, und sie verabschiedete sich.

Ich sah sie wohl zwei Wochen nicht mehr. Da ging ich eines Abends in die Stadt, als plötzlich ein Wagen neben mir hielt. Es war Bessy Lund, die mich zum Mitfahren einlud und dem Kutscher die Kirche hinter der Promenade nannte. Aber wir fuhren nicht über die Allee.

Bessy Lund war schweigsam, fast melancholisch. Wir sprachen erst von nebensächlichen Dingen. Wie wir aber durchs Portal der Kirche traten, sagte sie geheimnisvoll – in der Betonung wie junge Damen von einem schwärmerischen und unheimlichen Abenteuer berichten: »Ich werde Ihnen alles erzählen ...«

»Das von Adolf Suair?« Ich konnte nicht umhin, etwas zu lächeln.

»O, Sie werden nicht mehr lächeln, wenn ich zu Ende bin ... Sie werden gewiss nicht mehr lächeln.« Sie hatte eine fast triumphierende Sicherheit im Ton.

»Ich bin recht gespannt ...«

Wir setzten uns im linken Schiff bei der dritten Säule, und Bessy Lund begann leise und ernst, wie man in Kirchen spricht: »Ich wartete lange, aber vorgestern zur Teezeit besuchte ich ihn. Es war nicht leicht, ihn zu finden. In dem Haus, das Sie mir nannten, wusste niemand von ihm, bis ich den Hausmeister rief. Und dieser sagte mir etwas spöttisch: »Dieser Herr Suair wohnt im Hinterhaus. Im dritten Stock bei der Börkel, der Wäscherin. Er steigt aber immer im Vorderhaus die Treppen hinauf und wieder hinunter und geht dann erst in den Durchgang nach dem Hof. Der ist närrisch.« Da ging auch ich über den Hof, wo Fässer lagen und ein kleines Kind furchtbar schrie. Der Aufgang im Haus war dunkel und schmutzig, und es roch peinlich wie bei ganz armen Leuten. Oben läutete ich erst an der falschen Türe. Dann öffnete mir Frau Börkel selbst. Sie hatte eine weiße Schürze vorgebunden und kam wohl aus der Küche. Sie sagte: »Gehen Sie nur hinein ...« Und deutete auf ein Zimmer. Adolf Suair stand an einem Waschtisch und sagte: »Stellen Sie das Wasser auf den Tisch, Frau Börkel!« Erst wie ich lange nicht antwortete, drehte er sich um. Als er mich sah, machte er den Mund weit auf, bewegte die Hände in der Luft und sank dann auf einen Stuhl. Dann erst fragte er wie in grässlicher Angst: »Was wollen Sie von mir ...« Ich habe einst gesehen, wie ein feingekleideter Herr in einem Pariser Restaurant an der Tafel verhaftet wurde. Der Detektiv legte ihm nur die Hand auf die Schulter. Wie jener bei der Verhaftung sah

Adolf Suair in jenem Augenblick aus. Sein Gesicht war in der Dämmerung des Zimmers ganz grau. Ich war sehr erschrocken und stand immer noch bei der Tür und konnte nicht reden. Dann erzählte ich leise, wie eine Schülerin, die Geschichte vom Rendezvous. Als ich geendet, stand er vom Stuhl auf und lud mich ein zum Sitzen. Er trat ans Fenster. Es war sonst kein Stuhl mehr im Zimmer. Erst schwieg er lange. Es war entsetzlich still. Darauf fing er plötzlich laut zu sprechen an wie einer, der nun einen Anlauf nimmt. Er sagte ungefähr: »Sie wollen wissen, warum ich nie zum Rendezvous komme ... na ja! ...« Er hielt einen Moment inne und versuchte zu lächeln. Haben Sie schon gesehen, wenn ein Mensch zu lächeln versucht und es nicht kann? Adolf Suair konnte es in diesem Augenblick wirklich nicht. Sein Mund zuckte wie im Krampf, aber er lächelte nicht. Da hub er an: »Glauben Sie nicht, dass ich mich mit Abenteuern brüste ... Nein, das ist nicht meine Art. Aber ich habe viele Frauen geliebt, die mich zuweilen auch liebten, und die ich kaum vergessen kann. Dies ist nicht alles in dieser Stadt geschehen, das meiste davon in meiner Heimat, aber auch hier habe ich Seltsames erlebt ... Sie haben vielleicht davon reden hören ...«

»Ja, ich habe davon reden hören ...«

»Nun, denken Sie sich —«, sprach er weiter, »man hat so viele Erinnerungen und lernt eine Frau kennen und möchte sie wiedersehen. Da kommen die Erinnerungen und löschen alles aus. Glauben Sie nicht, dass einem dies tagtäglich passieren kann ...?«

»Dies ist wohl möglich ... Also darum gehen Sie nicht zu den Rendezvous ...?«

Darauf antwortete mir Adolf Suair nicht. Er folgte nur meinem Blick, der unwillkürlich durch das ganze Zimmer geirrt war. Darüber wurde er ganz hilflos. Und als er nun wieder zu sprechen anfing, war seine Stimme wie gebrochen. Er sagte leise:

»Aber dies ist nicht das ganze Geheimnis ... Sehen Sie sich diesen schmalen Raum an, wo ein Bett und ein Tisch und ein Schrank, ein einziger Stuhl steht. Sehen Sie durch dieses Fenster auf den schmutzigen Hof ... Ich würde auch nie eine Dame hier empfangen können, denn ich weiß, was zu einer Dame gehört und was eine gute Form ist. Mein Schicksal aber ist jetzt das eines ganz Armen, der sich einen Tag und eine Nacht verkriechen muss, um abends eine Stunde auf die Promenade zu gehen wie ein großer Herr. Denn ich habe das Recht, eine Stunde ein großer Herr zu sein und unbelästigt von der stechenden, bittersauren Luft, die mich in dieser Kammer quält. Mein Name ist in der Heimat angesehen wie wenig andere. Mein Vater war Kammerherr, und ich habe als Kind oft mit den königlichen Prinzen gespielt ... Sie sind eine vornehme junge Dame und wissen, was das heißt ... aber das ist alles lange her, und mir ist nur der Name geblieben und das kammerherrliche Blut ... Ich werde keine Abenteuer mehr bestehen, aber ich sitze jede Nacht dort am Tisch und kommandiere die Diener, die Speisen und Weine aufzutragen. Ich unterhalte mich mit dem Herzog von Brou und dem Grafen Saradossi, wissen Sie, mit dem Saradossi, der die Marquise von Sostery verführte und nachher ihren Gemahl im Duell niederschoss. Ich höre, wie die Herzogin von Rohan am Klavier singt. Ich schreite durch die Gemächer mit den Gästen und bin zuletzt wieder ganz allein und öffne ein Fenster und habe vor mir nichts als die Nacht ... die einsame Nacht. Können Sie mir jetzt verzeihen, dass ich nie zur Kirche nach der Promenade gekommen bin ...?«

»Ja, das kann ich wohl ...«, antwortete ich. Er geleitete mich hinaus wie ein hoher Herr, und nur, als wir im Dunkeln die Türklinke nicht gleich fanden, verlor er etwas von seiner Haltung. Das war auch ganz klar, denn diese Handlung gehörte nicht mehr zum Kammerherrn ...

Bessy Lund hatte geendet, und ich fragte leise: »Was werden Sie jetzt tun?«

»Ich werde ihn zuweilen besuchen und ihn trösten, und vielleicht ...«, fügte sie hinzu, wie junge Damen zuweilen etwas kokett und ironisch sprechen, »werde ich mich noch in ihn verlieben ...«

Wir verließen die Kirche. Bessy Lund verabschiedete sich von mir bei ihrem Wagen.

Als ich nachher noch über die Promenade ging, sah ich Adolf Suair. Er ging gemessen auf und ab. Wir grüßten uns mit Ernst und Distinktion. Er erschien mir in diesem Moment über die fünfzig Jahre alt. Aber er hatte in jeder geringsten Bewegung die seltene Geste eines vornehmen Kavaliers.

Das Vermächtnis der Baronin B.

Am 4. November des Jahres 1775 starb die Baronin von Bellemare, und am 8. November, also einen Tag, nachdem sie in Notre-Dame-des-Victoires beigesetzt war, saßen ihr Gemahl, der damals im vierundfünfzigsten Lebensjahr stand, und der Abbé Bertin, sein um etliches jüngerer Freund, im Saal des Hotels der Bellemare in der Rue Croix-des-Petits-Champs am Fenster einander gegenüber und gedachten mit schmerzvoll milden Worten der Verstorbenen und im besonderen auch ihres Testaments, das an eben jenem Nachmittag eröffnet worden war. Das Schriftstück hatte sechs Jahre vorher der Abbé als treuer und langjähriger Freund des Hauses nach dem Wunsch der Baronin abgefasst, worauf sie es bei einem Notar der Rue Poissonière deponieren ließ.

Damals wollte die Baronin, eben an der Schwelle zum vierzigsten Jahr, beinahe und so unverhofft einer Erkältung zum Opfer fallen – es geschah nach einem Abend in der Oper, als sie Mademoiselle Delorme, die damals die Geliebte des Prinzen von Condé war, hatte tanzen sehen –, wie sie jetzt einem Fieber des Blutes, das mit der Krisis ihrer Jahre zusammenhing, plötzlich erlegen war. Auch nur so ließ es sich erklären, dass eine Frau von ihren glücklichen und schönen Gaben damals derart unzeitig an die Form eines letzten Willens dachte, den ihr der Abbé, als ihr alter Vertrauter, nicht ohne tiefen Schmerz vorgezeichnet hatte.

Und jetzt erinnerten sich die beiden Männer wieder jenes Augenblicks, da die Drohung des Todes zum ersten Mal sich der schönen Verstorbenen genaht hatte, und sie suchten besonders auch manche Eigentümlichkeit ihres letzten Wunsches aus ihrer damaligen Art und Gemütsverfassung heraus zu erklären.

Da war vor allem eine etwas merkwürdige Stelle, die auf der dritten Seite des Dokuments im zweiten Absatz stand und ungefähr so lautete: »Man wird im Sekretär meines Toilettezimmers eine Kassette finden, die zu öffnen, und deren Inhalt dem Kloster Sainte-Marie-des-Bois, wo ich die glücklichste Zeit meiner Jugend verbracht habe, zu übergeben ist. Mit dieser Mission betraue ich den Abbé Bertin, der den Auftrag mit der Einwilligung meines Herrn und Gemahls ausführen wird.«

Die beiden Herren schritten also hinüber in die Gemächer der Baronin, die nach dem Garten hin lagen und noch ganz die schöne gefühlvolle Ordnung der kleinsten Dinge zur Schau trugen, wie sie der Ausdruck des Wesens der Verblichenen war. Lange und schweigend weilten die beiden Freunde wieder im Sterbezimmer, und während der Baron in tiefer Melancholie in einem Fauteuil saß, sah der Abbé durch das Fenster auf den herbstlichen Garten und war nicht weniger mit tiefer Schwermut erfüllt.

Erst nach langer Zeit erwachte der Baron aus diesen qualvollen Träumen und erinnerte den Abbé an das Geschäft, um dessentwillen sie hier eingetreten waren. Sie fanden auch sehr bald die bezeichnete Schatulle, die aus dunklem Holz, mit Elfenbeinintarsien geschmückt, in einem Abteil stand, das sonst noch allerlei Familienreliquien und jedenfalls Gegenstände teuren Angedenkens barg.

Der Baron gab sich in diesem Augenblick durchaus keinen Gedanken über den Inhalt dieses Schmuckkästchens hin und dachte wohl nur an seine Pflicht, als er die dabei liegende versiegelte Enveloppe erbrach, um mit dem Schlüssel zu öffnen. So war er dann doch etwas erstaunt, in der Schatulle eine ganz unerwartete Menge von Kostbarkeiten zu finden, die aus einem Kollier traubenbeerförmiger Perlen, einigen über das gewöhnliche Maß großen Diamanten und einer Fülle bunter Steine bestand, wie seltener dunkelgelber Topase, blendender weißleuchtender Saphire, vielstrahliger Opale und anderer Seltsamkeiten, die in ihrem Spiel der Farben von scharlachrot zu olivgrün wie ein köstliches Blütenbeet schillerten.

Während der Baron sich verblüfft über die Kassette neigte und sinnend mit vagen Blicken den ganzen Inhalt überflog, war auch der Abbé näher herangetreten, prüfte mit fast verwunderlich scharfen Augen die Summe all dieses Reichtums und fuhr erst aus seinen Gedanken auf, als ihn der Baron fragte, ob er damals, vor sechs Jahren, schon einmal Einblick in diesen Schatz gehabt hätte, der ihm völlig unbekannt sei, da er zeit ihres Lebens an der Baronin nie einen dieser Steine gesehen, sie also diesen Besitz mit Absicht geheim gehalten haben müsste.

Der Abbé Bertin bejahte, das er bei der Abfassung des Testaments die Schatulle allerdings schon gesehen hatte; da sich die Baronin aber nicht weiter darüber geäußert, hätte er, wohl auch mit Recht, gedacht, dass es sich hier um eine schöne fromme Absicht handle, indem diese hohe Frau neben all ihren Wohltaten für die Kirche, auch noch ganz im geheimen manch großes Opfer gebracht, da sie viele ihrer privatesten Mittel, wie es in dieser weltlichen Zeit nicht anders Brauch war, wohl zu Tand und Schmuck verwandte, diese irdischen Güter aber zugleich hier begrub, um so ein hohes und verdienstvolles Werk in Stille und tiefer Bescheidenheit zu vollbringen.

Der Baron war von diesen Gedanken ganz erschüttert, und er gedachte wieder in vielen und fast leidenschaftlichen Worten der wundersamen Frau, die alle Menschengüte und Demut dieser Welt in ihrem Bild vereinigt hielt; die den einzigen Spross der Bellemare, Charles François de Bellemare, der beim engeren Dienste des Dauphins stand, in hoher Zucht und Sitte erzogen hatte, was bei dem Vorbild und der Haltung des Hofes ganz gewiss kein leichtes gewesen war.

Wohl noch viele innige und leuchtende Worte wären gefallen, wenn nicht in diesem Augenblick ein Diener zwischen den Portieren erschienen wäre, um den Baron abzurufen, da der Chevalier de Branca im Saale wartete, um eine Kondolenzvisite zu machen.

So blieb der Abbé allein zurück und saß in tiefer Meditation vor dem Sekretär. Er war nicht vom Typus jener Abbés, die durch anmutige Rundlichkeit der Gestalt, durch ein sanftes und zugleich mokantes Wesen des Charakters gezeichnet werden, sondern seinem Wuchs nach eher ein schlanker Aristokrat, der die Züge einer vornehmen Abstammung im Antlitz trug. Und der Abbé Bertin war auch der einzige, der, was das Geheimnis dieser Schatulle anbetraf, klares wusste, aber sowohl in seiner Galanterie, als auch in den starken seelischen Banden, die ihn mit der hohen Frau verknüpft hatten, zu große Hemmungen in sich trug, als dass er sich irgendwem hätte offenbaren wollen. Dazu besaß er die damals wie heute rare Tugend der Schweigsamkeit und Diskretion, die alle seine

Erfolge bei den Frauen erklärte und ihn auch zur Baronin B. genau vor elf Jahren in eine Beziehung gebracht hatte, von der weder der Baron noch die Welt etwas ahnte.

Das kam so: Der Abbé war schon einige Zeit zu den Nächsten des Bellemareschen Hauses gezählt worden und hatte von Anbeginn eine große und, wie es für alle den Anschein hatte, pietätvolle Verehrung für die Baronin gezeigt. Dem Baron, der damals in eine über das Gewohnte hinausgehende Leidenschaft für eine Demoiselle Sainte Clair, die, ihrer Geburt nach eine Deutsche, von dem Baron Archère nach Paris gebracht worden war, sich verstrickt befand, war dieser Zustand durchaus angenehm, ja er war sogar nicht unerfreut, als er sah, dass sich seine Gemahlin, auf deren Treue und Sittenstrenge er unendliches Vertrauen haben konnte, auch seelisch etwas an den Abbé attachierte. Er erblickte darin nichts anderes als eine zur rechten Zeit eintreffende Ablenkung der Phantasie seiner Frau, die ihm durch ihre vielseitige Aufmerksamkeit manche leidenschaftliche Passade sehr erschwerte. So aber wusste er die Baronin in der Rolle der leichten Koketterie, die sie gegenüber dem Abbé spielte, in einer gewissen Geborgenheit und besonders vor der Gefahr der Langeweile gefeit, die ja oft für eine Frau ein Anlass ist, sich entweder jeder unausgefüllten Minute ihres Gemahls zu versichern, oder sich in ganz gefährliche und abenteuerliche Affären zu verketten, was beides dem Baron äußerst ungelegen gewesen wäre.

Aber er hatte sich doch in vieler Beziehung getäuscht. Vor allem verfolgte der Abbé die hohe Dame von Anfang an mit den heißesten Liebesbeteuerungen, während sie ihn mit spielerischen Worten und durch die große

Gemessenheit ihrer Haltung ohne Mühe schon mehr als ein Jahr hinhielt, so dass er schon bald daran war, seine Hoffnungen sehr zu verringern, als ihm eine unerwartete Wendung zu Hilfe kam.

Baron Bellemares Aufmerksamkeit hatte sich unterdessen längst wieder einer anderen Dame, und zwar einer Demoiselle Chaumont aus dem Ballett der italienischen Komödie zugewandt, als die Baronin davon erfuhr und durch diese Untreue ihres Gatten nicht etwa von ihm abgestoßen, sondern von einer ganz plötzlich neu erwachenden Leidenschaft erfasst wurde, welche aber der Baron Bellemare, und darin lag das Schicksal des Abbés, ebenso sanft als bestimmt abwehrte. In dieser Stimmung der Erbitterung und Ohnmacht gab die Baronin den Wünschen des Abbés nach, und dieser hatte das der Eitelkeit der Männer immer schmeichelnde Gefühl, eine hohe und schöne Frau verführt zu haben.

Es soll hier nicht weiter angedeutet werden, dass zwar dieser Zustand des Glückes für ihn nicht allzu lange dauerte, da der Baron sich zu bald von der Demoiselle Chaumont ab und seiner Gemahlin wieder zuwandte, was für den Abbé Bertin, der seiner Geliebten mit einer wirklichen tiefen Neigung zugetan war, viele martervolle Stunden der Eifersucht und Verzweiflung zur Folge hatte. Wichtiger für den Leser ist das Folgende zu erfahren: Dem Abbé Bertin war eines Tages von der Baronin sehr sanft und dennoch etwas befangen der Name eines Bijoutiers der Rue Saint-Honoré genannt worden, und auch der Umstand, dass er momentan im Besitze einer erlesenen Diamantberloque sei, was den Abbé natürlich veranlasste, noch selbigentags hinzueilen, um den Schmuck der schönen Frau mit der zärtlichen Geste eines Geheimnisses zu überreichen.

Und dieses selbe Ereignis wiederholte sich noch oftmals, so dass der Abbé hätte glauben müssen, seine Geliebte lasse sich nach der Art der Kurtisanen für ihre Gunst beschenken, wenn die Art, wie die Baronin ihre Wünsche vorbrachte, nicht von all den Regeln, nach denen sonst solche Bitten inszeniert werden, verschieden gewesen wäre. Sie offenbarte nämlich diese Eigentümlichkeit stets nur dann, wenn der Abbé sich irgendeinen Fauxpas oder eine große Unaufmerksamkeit hatte zuschulden kommen lassen, so dass das mit dem Schmuck eher als eine Strafe, denn als ein Tribut erschien. Darüber vergingen fast zwei Jahre.

Eines Tages aber wurde Charles François, der einzige Sohn des Hauses, von einem schweren Sturz vom Pferde betroffen, welcher Unfall eine monatelange Pflege verlangte. Wie es ja auch natürlich war, beanspruchte er während dieser Zeit die ganz Liebe seiner Mutter, die wirklich die Tage und die Nächte an seinem Lager verbrachte und, als die Gefahr endlich vorbei war, – wie oft geht in solchen Zeiten auch eine Wandlung in den Seelen vor –, durchaus nicht mehr geneigt schien, sich ihrer früheren Zuneigung zum Abbé Bertin zu erinnern.

Wieder verflossen vier Jahre, als die hohe Dame plötzlich an jenem Abend nach dem Theater von der eingangs erwähnten Erkältung erfasst und in der vollen Reife ihres Lebens dem Tod nahe gebracht wurde. Und da geschah es denn, dass sie den Abbé Bertin nach langer Zeit wieder zu sich rief, um mit ihm das Testament zu besprechen.

Der Abbé erinnerte sich heute wieder so genau jener Stunde, da er in eben diesem Stuhl, in dem er jetzt vor dem Sekretär saß, dort an ihrem Bett weilte und mit heißer Rührung ihre linke Hand in der seinen hielt und mehr als einmal sich erschüttert niederbeugte, um seine Lippen auf die fieberkranken schmalen Finger zu pressen.

Nicht dass die Baronin sehr gelitten hätte, sie lag in einer milden, zuweilen mochte es scheinen, fast schalkhaften Ergebenheit in den Kissen. Als endlich mit schmerzvollen Unterbrechungen die Hauptpunkte des Dokumentes, die Fragen des Vermögens und der Güter geordnet waren, offenbarte die Kranke die Existenz der Kassette und ihrer Bestimmung. Da aber der Abbé auch über den Inhalt irgendwie aufgeklärt werden musste, ließ die Baronin die Schatulle an ihr Bett bringen, schloss sie selbst auf und ließ ihre Hände nicht ohne Wehmut über die köstlichen Steine gleiten, nahm sogar den einen oder anderen heraus, um ihn in seinem Glanz gegen das Licht der Kerzen zu halten.

Wie aber Menschen in fiebrigen Zuständen oft für die allernächsten Überlegungen nicht die richtige Distanz haben, erinnerte sie sich erst durch das sonderbare, atemlose Gebaren des Abbés plötzlich, dass ja auch er mit dem Schicksal dieser Dinge verknüpft war, und ihre Augen streiften fast ängstlich die seinen, wie er mit starrem Blick die Diamantberloque und alle anderen Zeichen seiner damaligen und noch heute wachen Leidenschaft betrachtete und leider mit schmerzendem Herzen einsehen musste, dass diese seine Edelsteine nur ein ganz kleiner Teil der Gesamtzahl waren. Dass daraus seine brennende Eifersucht die schlimmsten Folgerungen für die Baronin zog, ist klar. Umso mehr, als die schöne Frau sich auch gar nicht anschickte, die Herkunft all der übrigen Geschenke zu verschleiern.

Im Gegenteil begann sie wie jemand, der die Kämpfe dieser Welt hinter sich zu haben glaubt, und darum kaum veranlasst ist, irgendein Mysterium seines vergangenen Lebens im Dunkeln zu lassen, eine in milden und schönen Worten gesetzte Rede, in der sie etwa folgendes sagte:

»Sie gedenken wohl, lieber Freund, jener schönen Zeit, da auch Sie zur Fülle dieses Schmuckes beigetragen haben, und ich erinnere mich, dass damals zuweilen ein Erstaunen in Ihre Augen stieg, als ich mich gleichsam nach Art jener Frauen, deren Schicksal ist, unsere Männer zu verführen und sie uns zu entfremden, beschenken ließ und diesen Wunsch oft fast in eine Forderung hüllte. Ich will Ihnen heute, da Sie nicht nur als Freund, sondern auch als Seelsorger bei mir sind und nichts mehr dazu angetan sein soll, mich am Reden zu hindern, das Geheimnis dieser Schatulle erklären.

Es war vor sechzehn Jahren. Mein Herr und Gemahl hatte schon manches Abenteuer hinter sich, als er sich in eine Kurtisane, namens Therese Julie Brébant, gebürtig aus Bauculeurs in der Champagne, verliebte. Sie war, wie ich erfuhr, gleichaltrig mit mir und eben auch in das vierundzwanzigste Jahr getreten, stammte aus der Familie eines Perückenmachers und zeigte weder so große Vorzüge des Geistes noch des Körpers, dass die feurige Neigung des Barons zu erklären gewesen wäre. Ich hatte sogar Gelegenheit, die Person auf einem Opernball, wo ich mich mit einer Freundin, der Frau von Mauregard eingeschlichen, ganz aus der Nähe zu beobachten, und mein Blut revoltierte über der Demütigung, die mir durch diese Wahl von meinem Herrn zugefügt worden war. Diese Demoiselle war in jedem Sinne vulgär, sowohl durch ihre robuste Figur, als auch durch die ganze Schamlosigkeit ihres Wesens. Ich versuchte mit allen Listen meinen Gemahl wieder zurückzugewinnen, denn ich hatte in meinem vierundzwanzigsten Jahr schließlich noch Grund, etwas vom Leben zu erhoffen, und war noch nicht geneigt und auch nicht fähig, den Gemahl für die schönsten Stunden des Abends einer Fremden abzutreten.

Einmal kam es sogar so weit, dass ich nicht anders konnte, als haltlos zu weinen, als sich der Baron nach dem Diner von mir und dem Kinde verabschiedete, worauf er doch wieder zurückkam, trotzdem er unten schon in den Wagen gestiegen war.

Dies war aber ein ganz seltener Fall.

In der Not meines Herzens sprach ich oft mit der Frau von Mauregard über das Geheimnis, das diese Person besitzen müsse, um ihrer Wirkung auf meinen Gemahl eine solche Größe und Dauer verleihen zu können, und wir Frauen kamen zu keinem Ende, bis eines Tages meine Vertraute eine ganz bestimmte Ansicht aussprach. Sie hatte nämlich in den Papieren ihres Gemahls eine Art von Tagebuch gefunden, in dem er die Zeiten seiner Zusammenkünfte mit seinen Geliebten aufzeichnete – Herr von Mauregard hatte deren mehrere, so dass es ihm oft nicht leicht war, den Gang seines Lebens in der richtigen Ordnung zu halten –, und das außerdem eine große Anzahl von Notizen, wie z. B. die monatlichen Tribute an diese Damen, enthielt. Sie waren erschreckend hohe Summen und besonders maßlose Zahlen, welche

Bijouterien betrafen. Da erst kamen wir auf den ganz selbstverständlichen Gedanken, dass wohl nur diese unerhörten Forderungen, die vielleicht sonst noch mit grausamen Quälereien gemischt wurden, die Ursache seien, weshalb die Männer die Gunst dieser Damen so sehr schätzten. Freilich meinte die Frau von Mauregard, gebrauchten diese Art von Frauen diese Methoden so raffiniert, dass sie wohl einer Dame von unserer Geburt ganz unzugänglich waren.

Aus dem Schmerz meiner Verlassenheit und dem mir eingeborenen Ehrgeiz meiner Person schöpfte ich die Kühnheit, diese Behauptung zu bestreiten. Bald darauf machte ich den ersten Versuch und nahm mir einen Liebhaber. Um ihn zu halten, versuchte ich es nach dem Rezept der Kurtisanen mit den Edelsteinen. Von ihm sind jene zwei großen Smaragde. Er war ein junger Herr, der mich so sehr liebte, dass ich darüber fast glücklich war. Sie kennen ihn. Es ist der Herr von Saint-Marr, der jetzt mit Madame von Cramayele lebt. Diese Diamanten ...« Die Baronin unterbrach sich und sah sinnend auf den vielfarbigen Schein der Pretiosen, fuhr dann wieder zärtlich und wie durch Erinnerungen darüber hin und meinte endlich: »... ich habe die Prüfung ganz gewiss bestanden. Doch jeden Freund, wenn es mir auch oft schwer war, mich von ihm zu trennen« – die Baronin sah dem Abbé nun zum ersten Mal ins Gesicht – »habe ich pflichtgetreu nur so lange geliebt, als der Baron an einer Dame seiner Sehnsucht hing, um dann wieder zu meinem Gemahl zurückzukehren und meine List aufs neue an ihm zu erproben.

Wenn es mir auch nicht gelang, ihn völlig zurückzugewinnen, so habe ich doch – wenigstens was die Dauer meines Einflusses auf manchen hohen und fein gearteten Herrn anbetraf« – der Baronin Blick wurde unwillkürlich etwas schelmisch – »im stillen große Kurtisanen beschämt und so unserer Frau von Mauregard unrecht gegeben ...«

Dies alles hatte die Baronin von Bellemare dem Abbé Bertin vor sechs Jahren an jenem Februarabend eingestanden. Es hatte vor den Fenstern gestürmt, indes im Herzen des Abbés Leidenschaft und Gram, Sehnsucht und Grauen tobten, wie es ja oft die Gedanken und das unbegrenzte Tun eines Weibes in uns erwecken. Dann aber hatte er die schöne Frau gesegnet und ihr alle Sünden verziehen wie einer, der in Schmerzen sich vor dem Leben beugt.

Und jetzt saß er über der Schatulle, starrte wieder hinein wie nach dem Orte seines Schicksals, und ihm war, als ob seit jener Stunde wiederum mancher edle Stein dazugekommen, von denen jeder einzelne für ihn der Anlass zu einer atemlosen Bangigkeit und einer brennenden Wehmut war.

Als nun endlich der Baron von Bellemare wieder eintrat, sprachen die beiden Männer, während das gelbe Laub vom Herbstwind geweht in das Fenster fiel, noch lange in lieben Worten von der Verstorbenen und waren ganz eins, dass nach ihrem Wunsche die Kostbarkeiten dem Kloster Sainte-Marie-des-Bois übergeben und so die Früchte eines so schönen Sinnes und Daseins ihrer frommen Bestimmung zugeführt werden müssten.

Der hohe Tag

Jacques stand bei der Türe mit einem müden und etwas schiefen Gesicht. Es war, als ob er lächelte. In Wahrheit aber hatte er schon drei Nächte nicht mehr geschlafen, und seine glatten Züge waren darob zu einer Fratze geworden, die mit stumpfem und hilflosem und zugleich komischem Ausdruck in die Welt starrte.

»Hören Sie noch nichts, Jacques?«, fragte die Baronin Farasyn, die am Bette des Kranken saß.

Jacques schaute mit großen Augen mitten in das Zimmer und antwortete nicht.

Da richtete sich die Baronin auf und rief ihrem Gemahl, der beim Fenster in einem Lehnstuhl kauerte: »Der Mensch schläft ...«

Farasyn öffnete die Augen. Durch Jacques Körper ging ein Ruck, wie ein großer Schrecken. Er stand erst stramm, machte dann einen Schritt nach vorn, schaute aber immer noch wie aus einem Traum heraus.

»Was hast du gesagt, meine Liebe?«, fragte Farasyn in leisem Ton.

»Ich meinte, dass Jacques schlafe ...« Nach einer Pause setzte sie hinzu: »Der Professor lässt so lange auf sich warten.«

Darauf war es wieder still im Gemach.

Auch der Kranke rührte sich nicht. Er lag mit halboffenem Mund in den vielen Kissen und hatte beide Hände auf der Bettdecke, als seien sie da von irgendwem hingelegt worden.

Die Baronin sah ihn an, und ihre Wangen waren so eingefallen, dass ihre Zähne gar nicht mehr in die Form ihres Gesichts passten. Sie hatte die Oberlippe leicht hinaufgezogen und war in diesem Moment, trotz ihrer vierzig Jahre, eine alte Frau. Nach einer Weile nahm sie einen kleinen Spiegel vom Toilettentisch und hielt ihn dem Kranken vor den Mund. »Er atmet ...«, sagte sie wie erleichtert.

Farasyn war wieder eingeschlafen.

»Wie viel ist die Uhr Jacques?«

Jacques ging zum Kamin und hielt den Kopf an die große bronzene Uhr mit den zwei Löwen. »Vier Uhr vorbei, gnädige Frau!«

»Wird es schon Tag?«

Jacques schlug die Gardinen und Vorhänge zurück und öffnete das Fenster bei der Türe. Die Baronin war aufgestanden und schaute in den werdenden Morgen hinein. Der Garten unten war noch dunkel, aber durch die Baumkronen sah sie den Himmel in einer blassen, blaugrünen Tönung. Eine Amsel fing in der Nähe zu schlagen an, doch kein Wesen antwortete ihr. So schwieg sie für eine Weile wieder still. Von der Straße her tönten jetzt schwere, einsame Tritte, wie von den Schuhen eines Arbeiters. Dann kam ein schnelleres Getrippel dazu, als wollte es das andere einholen, und auf einmal gingen sie zusammen im selben Takt und verschwammen in der Ferne.

Als die Baronin sich umwandte, neigte sich Farasyn über das Gesicht des Kranken, kam dann nach vorne und flüsterte: »Er ist wie in einer tiefen Ohnmacht ...«

Die beiden gingen wieder nach hinten und jedes setzte sich auf seinen Stuhl wie vorhin. Im Garten sangen nun plötzlich alle Vögel, und im Zimmer hörte man die Zweige knacken, auf denen sie herumturnten. Karo fing unten zu knurren an, und durch die Ritzen der Gardinen blitzte überall das Licht des Tages herein.

Die beiden aber saßen da, vom selben Gedanken und demselben Gefühl belastet. Beide etwas nach hinten geneigt, das Kinn tief auf der Brust, und beide mit einem fast kindlichen kläglichen Zug im Gesicht. Es war, als ob ihnen der gemeinsame Zustand der Seelen auch äußerlich dieselbe Bewegung gegeben.

Jetzt schlug der Kranke die Augen auf. Er sah seitwärts nach ihnen und sagte, als sie seinen Blick nicht fühlten: »Ihr seid traurig ...?«

Matt kam es aus dem jungen Gesicht.

Die Baronin fuhr auf und streckte die Hände nach ihm aus: »Wie fühlst du dich, liebes Kind?«

»Ihr müsst nicht zu viel über mich nachdenken«, meinte er lächelnd.

»Wir haben dich ja so lieb ...«, sagte Farasyn. Er sah schmaler aus als gewöhnlich, und da sein Haar sich beim Liegen etwas verschoben hatte, wurde die Glatze, die er sonst sorgfältig zu verdecken suchte, über die Maßen sichtbar.

Lucian hatte seine Hände immer noch in derselben Stellung liegen und antwortete leise: »Das glaube ich euch, aber das Denken hilft da nicht mehr; warum wollt ihr euch täuschen?«

»Mon amour ...«, schluchzte die Baronin, »tu vas guérir ...«

In diesem Moment fuhr unten der Arzt vor. Farasyn reckte sich auf, fuhr mit der Hand instinktiv über den

Hinterkopf: »Jacques, führen Sie den Herrn Professor herauf ...«

»Warum habt ihr ihn kommen lassen, mitten in der Nacht?«, fragte Lucian mit einer Stimme, die so viel Angst als Erstaunen umfasste.

»Mon chéri, es ist ja schon Morgen«, flüsterte die Baronin und rückte die Kissen zurecht.

»Ihr hattet Angst vor meinem Schlaf ...«, fuhr Lucian fort, »ich schlief auch sonderbar ... ich wurde so müde, als ob alles Schwere von mir gewichen wäre ...«

Farasyn wusste einen Augenblick nicht zu antworten, und man hörte, wie im Vorzimmer der Professor mit dem Diener sprach. Dann ging die Türe auf, und Zanelli trat ein. Er war schlank und jugendlich, einer von jenen Menschen, die man ob ihrer frühen Karriere bestaunt. Leicht und elastisch trat er ans Bett: »Wie geht es unserem Kranken ...? Mir scheint gut ...«

»Ja, ich habe geschlafen ...«, sagte Lucian etwas misstrauisch; denken Sie aber, dass ich meine Füße fast nicht mehr fühle, zu komisch, nicht wahr ...?«

»Wie ist der Puls, und wie steht es mit dem Herzen?«, fragte Zanelli, ohne zu antworten. Als er den Puls gemessen hatte, meinte er: »Ja ..., ja ... Ihnen muss wohl ganz behaglich sein ... guter Schlaf ... guter Puls ..., der beste Weg zur Gesundheit ...« Er sagte das, wie man irgend etwas daherredet. Lucian merkte die Leere des Tones und sah ihn aus den Augenwinkeln an. »Sie geben sich große Mühe, lieber Professor, mir die Hoffnung bis zum Ende zu erhalten. Aber einmal kommt doch der Augenblick, wo ich davorstehe, wie vor dem Unangenehmsten, das geschehen kann ...«

»Aber, mein Kind«, sagte der Baron vorwurfsvoll und tastete mit seiner blassen, etwas mageren Hand nervös auf der Bettdecke, »wie kannst du uns so quälen ...?«

»Ich möchte es auch lieber nicht tun, aber ich habe eine Bazillenkrankheit, nicht wahr, lieber Professor? Da mein Leben leider in die Periode der Menschheit fällt, wo noch kein Serum dagegen gefunden worden ist, muss ich mich ohne Widerrede auffressen lassen.«

Zanelli zog seine Augenbrauen etwas in die Höhe. »Im Prinzip mögen Sie natürlich recht haben, aber das Prinzip beweist auch gar nichts. Menschenkörper sind wie Bäume im Sturm. Die einen knickt er, die anderen nicht. Im Übrigen dürfen Sie nicht zu viel reden, das ermüdet Sie.«

»Ja, es ermüdet mich ...« Lucian hatte ein resigniertes Lächeln um den Mund. Der Baron ging mit Zanelli hinaus.

»Nimm ein Buch, Mama, und lies mir vor!«, sagte Lucian nach einer Weile.

»Was möchtest du hören?«, fragte die Baronin mit der rührenden Sorgfalt, die man nur in den schwersten Stunden des Lebens erweist.

»Ich weiß es nicht ... – Du, Mama, ... ich möchte auch mit dir reden.«

»Das sollst du, mein Kind ...« Die Baronin hatte sich wieder in den Stuhl am Bett gesetzt.

»Mama, ich sehe nämlich jetzt alles, auch dich und Papa und dieses Zimmer und die Birke dort vor dem Fenster, ganz anders als früher. Ich habe nun eine Distanz vor mir, bis zu welcher das, was ich noch tun kann, geht. Vorher, da ich gesund war, schaute ich gleichsam ins Grenzenlose, – ich hatte auch nicht den Zwang, mich um die Zeit oder um manches andere zu kümmern; aber heute, da es vielleicht noch eine Woche oder ein paar Monate dauern kann, muss ich sparsam sein, darf ich nicht verschwenden ...«

Die Baronin hatte ihr schmales Gesicht in den Händen: »Wie meinst du das ...?«

»Alles genieße ich jetzt mit dem Gefühl, dass ich mich davon trennen muss, und da bekommt es ein ganz neues Antlitz ... Fortwährend nehme ich Abschied ... Und gestern Nacht, als der Anfall über mich kam, glaubte ich, am Sterben zu sein, und im letzten Moment sog ich euch alle in mich ein und es war, als hätten meine Augen noch nie diese Kraft gehabt ...«

»Du siehst zu schwarz, Lucian ...«, sagte die Baronin. Ihre Worte aber klangen, als ob während des Sprechens jemand sie würgte.

»Mama, und ich habe Empfindungen und Wünsche, über die ich zuweilen selbst lächeln muss ... Ich möchte nämlich ein kleines Kind haben. Fünf Jahre alt müsste es sein, und hier vor dem Bett spielen. Ich glaube, ich könnte dann ruhiger sterben ...« Einen Moment rann es ihm ganz heiß über das Gesicht, und die Baronin hörte aufgereckt, als ob sie etwas Fernes und Tiefes vernehme, das über ihre Qual wie Erlösung rauschte.

Leiser fügte er hinzu: »Ein fünfjähriges Kind, in dem Alter, wenn die Kinder zum ersten Mal wunderhübsch sind ...«

»Hast du immer so gedacht?«, fragte die Baronin, und es war etwas von tröstlicher Ruhe in ihre Stimme gekommen.

»Nein, Mama ..., erst jetzt ..., auch die Frau, die mich in diesen jammervollen Zustand gebracht hat, wäre vielleicht dafür nicht gut genug gewesen ...«

Die Baronin horchte auf mit gespannten Nerven, ob noch mehr über seine Lippen komme, aber er hatte die Augen halb geschlossen, als prüfe er irgendetwas ganz in der Ferne.

Da sagte er: »Ich habe dir nie von dieser Frau gesprochen, und du wirst es auch nie erfahren, denn du müsstest sie so hassen, dass der Hass dir zur Marter deines Lebens würde. So aber geht dein Hass an keinen Ort hin, und dir ist unendlich wohler! – Ist's nicht gut so ...? Mama?«

Sie antwortete nicht, sondern war in sich zusammengesunken wie unter einem schweren Gebälk, das auf ihrem Rücken lastete.

»Aber das Schreckliche ist, dass ich aufhöre ..., und dass ihr beide in mir so aufhört!«, fuhr er fort: »Und dass ihr nachher auch keine Spuren mehr von mir habt, und dass nicht ein junges Leben zurückbleibt mit meinen Linien im Gesicht ...«

Wieder ermannte sie sich, um zu trösten, aber ihre trockenen Lippen bewegten sich nur auf und zu, denn alles, was sie in der Zukunft sah, war so unsäglich und undurchdringlich dunkel, dass ihr auch für eine Lüge kaum mehr die Hoffnung blieb.

»So zu erlöschen, Mama, das ist entsetzlich; mit der brennenden Sehnsucht vergehen!«, hörte sie ihn sagen; und sie konnte ihre Augen nicht mehr erheben, und ihre Wangen waren plötzlich aschgrau geworden.

Jacques kam herein und trug auf einem Tablett ein Glas mit Milch und Eigelb.

Jetzt erst sprach die Baronin: »Willst du trinken?«

Als Jacques wieder draußen war, griff Lucian nach ihrer Hand. »Ich danke dir, Mama, dass du so aufrichtig zu mir sein kannst, denn es gibt Lügen, die lächerlich wären ...«

Sie aber vermochte sich nicht mehr zu halten und schluchzte verhalten und ruckweise wie ein kleines Mädchen.

Gegen acht Uhr kam Tante Eugenie. Sie rief schon unter der Türe mit ihrer hohen, etwas kreischenden Stimme: »Wie hat unser Kranker geschlafen ...? Gut ... hoffe ich. Ich habe meine Mantille im Wagen vergessen ...«

Lucian öffnete die Augen und lächelte: »Tante Eugenie, du bist immer wie ein verunglückter Vogel ...«

Sie stand vor dem Bett, die kleine, hilflose Figur, in ihrem schwarzen Kleid mit der zu kurzen Taille, wie sie es seit dem Tod ihres Mannes trug. Er war Ministerialrat und ein ganz bescheidener, wenig veranlagter Mensch gewesen.

»Du bist ein Schalk ...«, stammelte sie noch außer Atem. »Ein Vogel ..., nein ...«

»Wo ist Guido?«, fragte die Baronin.

»Draußen sitzt er in einem Stuhl und schläft ..., er sieht sehr kläglich aus ...«

Lucian wandte den Kopf: »Er hat mehr Kummer als die Situation verlangt ..., es ist das erste Mal, dass Papa die Haltung verliert!«

»Ja, ja«, nickte Tante Eugenie.

Die Baronin erhob sich müde und ging hinaus. Tante Eugenie begann jetzt in schnatterndem Tone schnell zu erzählen, dass sie heute in der Frühe schon Zanelli antelefoniert hätte, der ihr gesagt habe, es sei alles auf besten Wegen.

Lucian meinte nur: »So?«, was die Tante etwas verwirrte. Sie sprach darauf von Frida, ihrer einzigen Tochter, von der sie aus dem Seminar einen Brief bekommen.

»Sie steht nun vor dem Abiturium?«, fragte Lucian.

»Ja, vor dem Abiturium; nur diese Physik ...«

»Macht sie ihr Schmerzen?«

»Ja, sie macht ihr Schmerzen.« Die Tante hatte die Hände gefaltet und schnitt ein so komisch bekümmertes Gesicht, dass Lucian laut lachte.

Da fuhr sie erschreckt auf: »Wie kannst du nur lachen? Wenn ich für mein Kind einen Hauslehrer halten könnte, wie du ihn gehabt hast, müsste es sich freilich nicht so bemühen ...«

Lucian lachte immer noch, doch ein wenig nervös. »Tante, Physik ist nie unsere Stärke gewesen. Das liegt bei uns in der Familie. Du darfst dich nicht aufregen. Schon Papa hätte das Abiturium bestanden, wenn Physik nicht gewesen wäre ...«

»Ja, und die Naturwissenschaften ...«, setzte Tante Eugenie hinzu, als ob sie sich damit ihr Herz erleichterte.

»Ja ..., die Naturwissenschaften ...«, sprach ihr Lucian nach, der auf einmal etwas müde war und die Augen schloss.

Tante Eugenie sah ihn von der Seite an, wie man etwas Kurioses betrachtet. Ihr kleiner Kopf kam merklich aus ihren Schultern heraus, und ihre ganze Haltung hatte etwas seltsam Lauschendes. Lucian lag da, und seine starke, leicht geschweifte Nase hob sich schneeweiß vom dunklen

Gobelin der Wand ab. Sein Gesicht hatte in der Helle des Morgens einen bräunlich-gelben Teint bekommen, so dass es der Tante ganz unheimlich erschien, und es überkam sie ein bängliches Gruseln.

Lucian drehte sich ein wenig und sah sie durch die halbgeschlossenen Augenlider an; er bemerkte den gespannten Zug in ihren Augen und dachte sich: »Sie überlegt sich, wie bald ich zu Ende bin, und dann wird sie einmal als die einzige Verwandte Papas unser Vermögen erben, und Frida wird einst nicht mehr Lehrerin sein, sondern einen Mann bekommen, trotzdem sie auch wie eine gerupfte Krähe ist ...«

Diese Gedanken schossen durch Lucians Gehirn, weil Sterbende oft misstrauisch sind. Tante Eugenie aber dachte wohl an seinen Tod, aber nicht ans Erben; sondern sie machte im stillen einen Überschlag, wie viel sie das Ganze kostete.

Einmal sollte Frida für die Trauerfeierlichkeiten ein neues schwarzes Kleid haben und musste sofort von Karlsruhe herkommen und ein paar Tage bleiben. Den schwarzen Hut von der Konfirmation konnte man zwar noch ändern; aber sie mochte rechnen, so gut sie wollte, es waren doch erhebliche Ausgaben, und sie lehnte sich mit einem Seufzer zurück.

Lucian dachte sich in diesem Moment: »Sie hat den Gedanken an meinen Tod doch aufgegeben, sonst seufzte sie nicht so ehrlich und unmittelbar!«, und er schöpfte daraus eine vage Hoffnung. Nach einer Weile schlief er ein.

Tante Eugenie war noch in ihre Sorgen versunken und starrte auf die Kringel, die die Sonne auf den großen

Perserteppich inmitten des Gemaches zeichnete. Dann erhob sie sich und ging ins Vorzimmer.

Dort saß der Baron immer noch im braunen Lederstuhl und schlief. Sein Kopf war zur Seite geneigt, und er atmete durch den geöffneten Mund. Das Gesicht war kaum älter als fünfzig Jahre, aber etwas mager und eingefallen, so dass die Backenknochen stark heraustraten. Seine hakenförmige Nase, die auch bei Lucian stark entwickelt war, brachte ihm durch ihre scharfe Kante einen beinahe übermäßigen Akzent in die Züge, was ihn aber eigentlich alt machte, waren die müden Augenlider, die wie braune Schatten in einer merkwürdigen Tiefe lagen.

Vor ihm lag Caro, der große Bernhardiner.

Er hatte den Kopf auf die Pfoten gelegt und blinzelte träg, als die Tante eintrat.

Sie stand unschlüssig und sagte dann halblaut: »Guido ...«

Der Baron öffnete die Augen und fragte erschreckt: »Ist etwas geschehen ...?«

Tante Eugenie erwiderte hilflos: »Nein, es ist nichts geschehen ... Was hat dir Zanelli gesagt ...?«

»Dass es schlecht geht ... Er ist unverschämt aufrichtig.«

»So sind die jungen Ärzte!«, klagte Eugenie, »früher war das nicht so. Als Adolf starb, sagte mir der alte Medizinalrat Klempner am Morgen noch, wir könnten in acht Tagen nach der Riviera reisen, und am Abend war Adolf tot. Ich hatte mir am Nachmittag schon die Modistin bestellt, um das grüne Kleid ändern zu lassen, denn nach Nervi hätte es doch nicht gepasst. Und nachher war alles umsonst ...«

Jacques brachte Tee herein, und der Baron fragte: »Trinkst du auch eine Tasse ...?«

»Ja«, sagte sie und setzte sich ihrem Stiefbruder gegenüber. In dem tiefen Stuhl versank sie aber derart, dass Farasyn meinte: »Mir ist, du sitzest am Boden ...«

Sie ließ sich aber nicht stören und zupfte eifrig an den gedörrten italienischen Trauben.

Plötzlich warf sie ein: »Dem Crane solle es auch nicht gut gehen ... Er hat schreckliche Neuralgien ...«

»Er wollte doch heute mit Felicitas herkommen ...«

»So, das wollte er? Vielleicht kommt er auch ...«, klang es wie trotzig aus dem Stuhl heraus.

»Wir werden ja sehen ... Was hast du gegen ihn?«

»O, – gegen ihn eigentlich nichts; aber Felicitas geht mir contre coeur ...«

»Warum denn?«

»Ich glaube, sie findet mich komisch ...«, sagte Tante Eugenie mit solcher Einfalt, dass der Baron sie nur ansah. »Du musst ihr das lassen. Es ist auch eine besondere Veranlagung, die anderen komisch zu finden ...«

»Hast du eigentlich schon an den Pastor gedacht?« klang es jetzt wieder aus dem Stuhl, aber bestimmter als vorher. Die Tante hatte sich aufgerichtet.

Der Baron, der eben eine Orange schälte, hielt inne, und eine Sekunde war es so still, dass man nur Caro hörte, der sich am Teppich das Fell rieb.

»Wie meinst du das ...?«

»Ich meine, Zanelli sagte doch, es könnte, – und da glaubte ich ...«

»Ach so!« Der Baron aß seine Apfelsine weiter, hatte aber einen bitteren, feindseligen Zug in den Augen. »Einmal fände ich es unverantwortlich, Lucian durch solch äußere Vorbereitungen über seinen Zustand Gewissheit zu geben. Und dann wissen wir ja auch nicht, ob ihm diese Art des Trostes erwünscht wäre.«

»Guido, ich verstehe nicht, wie du über diese ernste Frage im Zweifel sein kannst. Schließlich ist es doch deine christliche Pflicht ...«

»Sind wir denn Christen?«, fragte der Baron so kurz, dass sie einen Moment die Antwort vergaß.

»Es könnte ihm doch eine Linderung sein!«, sagte sie etwas kleinlaut. »Und darüber, was er zu allerletzt wünscht, ist Lucian sich vielleicht jetzt auch nicht klar ...«

»Es ist entsetzlich, wie du schon immer mit seinem Tod rechnest ...«

»Tu ich dir weh?«

»Nein, aber wir wissen doch nichts ganz Gewisses ... Ärzte können sich täuschen!«, fügte er leiser hinzu, als wagte er diese Hoffnung kaum auszusprechen.

Tante Eugenie sah ihn an und sprach dann von Cousine Laura, die an einem schweren Herzfehler sechs Monate lang gelegen hatte und wieder aufkam und sich sogar verheiratete. »Aber du könntest dir doch Vorwürfe machen ...«, schloss sie, da sie während der ganzen Rede nur an den Pastor gedacht.

Der Baron stand auf und ging zweimal langsam im Zimmer auf und ab. Dann sagte er: »Es ist ja gewiss eine schöne Form ...«

»Das ist es«, meinte die Tante etwas gedankenlos, aber beruhigt vor sich hin.

Er stand unterdessen gebeugt am Fenster und fühlte sich beklommen, als hätte er kein reines Gewissen. Es sollte da wieder etwas aufgenommen werden, mit dem er längst fertig war, und dies empfand er als eine Inkonsequenz und als geschmacklos. Aber – dachte er für sich – es geht ja nicht um mich, sondern um Lucian. Und doch war ihm das mit dem Pastor fremd und unheimlich, und er erschien ihm wie ein Eindringling, vor dem er wohl oder übel kapitulieren musste.

Caro knurrte plötzlich und hob den Kopf. Draußen hörte man Schritte, aber es war nur Jacques, der eine Medizin brachte.

»Sogar Caro wird nervös«, sagte die Tante, während der Diener wieder hinausging.

»Es macht nichts so müde wie das Warten. Mir ist auch, als müsste jemand hereinkommen oder hinausgehen; aber es geschieht nichts, – und wir sitzen da und können gar nichts dazu tun ...«

Eugenie sah ihren Stiefbruder an, der gleichmäßig und monoton gesprochen, und meinte gelassen: »Ich hatte bei Adolf diese Stimmung nicht ...«

Da sagte der Baron noch etwas leiser und müder als vorhin: »Eugenie ...« Weiter kam er nicht; aber in dem Klang lag: »Du warst dein Lebtag lang taktlos!«

Sie empfand das und zog mit einem Seufzer die Handschuhe an.

Als sie draußen war, öffnete der Baron leise die Türe zum Krankenzimmer. Lucian lag noch immer in derselben Stellung und schlief.

Jacques kam wieder herein und fragte: »Fährt der Herr Baron aus?«

»Ja, aber wer wird nach dem Kranken sehen?«

»Die Frau Baronin frühstückt eben im Speisezimmer!«

Als der Wagen mit Farasyn aus dem Portal bog, kam Baron Crane die Allee entlang gefahren und hielt an. »Wie geht es?«, rief er aus seinen Decken heraus. »Wollte nur fragen, ob wir mittags auf eine Stunde kommen können!«

»Gewiss – Lucian ist ganz munter.«

»Wahrhaftig? Wie uns das freut!« Baron Crane sagte das Letztere ganz strahlend. »Also nachher ...«

Die Pferde zogen wieder an, und Farasyn dachte sich im weiterfahren: »Wie oft haben wir den Crane aufgegeben, und er lebt immer noch. Er hat seine Neuralgien und kann achtzig Jahre alt werden ... Aber bei Lucian hat es gleich anders angefangen«, überlegte er weiter, »und die Farasyns sind nicht die Cranes!«

Eine Affäre fiel ihm ein, wie Crane einmal nach einem Duell den Schädel halb gespalten hatte und, kaum vernäht, eine Stunde weit gefahren werden musste. Drei Tage lang schlief er wie in einer Ohnmacht, und nach zwei Monaten war er wieder gesund, ohne jeden Gehirndefekt. Und wie vor sechs Jahren in Ostende diese letzte Kalamität über ihn kam, schätzte er sie gar nicht hoch ein und war seit fünf Jahren eigentlich im selben Zustand. Und nun Lucian ...

Der Wagen hatte eben die Allee verlassen und fuhr am großen Exerzierfeld vorbei. Ein Trupp Schwerer Reiter zog mit Musik in der Ferne. Auf dem Reitweg kam ein Offizier herangesprengt. Der Baron sah ihn erst, als er vorbei war.

Er war so in sich vergraben, dass jedes Geräusch wie aus unendlicher Distanz zu ihm kam. Seine Gedanken gingen nur darauf, jedes Krümchen Hoffnung zu sammeln, jede leiseste Möglichkeit zu einer Idee zusammenzubringen. Und zuletzt sagte er sich immer wieder, dass, so oft er im Leben in ähnlicher Weise auf den Zufall angewiesen war, der Zufall ihn getäuscht hatte.

»Es ist, als ob man auf ein fremdes Pferd setzt! Das Pferd muss immer verlieren. Nicht, weil es minderwertig, sondern weil es fremd ist, und weil der Unsinn, auf ein unbekanntes Pferd zu setzen, von der Logik bestraft werden muss.«

Das Letztere sagte er so laut, dass sich Franz auf dem Bock zurückbog und fragend nach rückwärts schaute.

Der Baron sah ihm nur erstaunt ins Gesicht, und Franz setzte sich wieder zurecht.

Trotz der Frühlingswärme war wenig Staub auf der Straße und die Luft so klar, dass die Bäume ganz grell und so gegenständlich wirkten, als wollten sie mit dem Landschaftsbild gar nicht zusammengehen.

Ringsum dehnte sich freies Feld, dunkelgrüne, sattfarbene Wiesen und dazwischen Äcker in feuchtem tiefem Braun. Dann kam eine Waldparzelle und der Baron wollte ein Stück gehen.

Eine Welle von Blütenduft traf ihn, als er in den Waldweg einbog. Er ging langsam und hob seine Beine im Takt, wie um das Blut in Bewegung zu setzen. Dann blieb er stehen und sog den schweren Duft des Faulbaums ein, zupfte mit der Hand das erste Laub von den Sträuchern, als könnte er sich dadurch beruhigen.

Nun trat er in den Tannenwald, und durch die Stämme sah er Franz und die Pferde, die langsam auf der Straße gingen.

Das Dahinschreiten tat ihm wohl, – der frische Atem der Umgebung gab ihm eine Kühle ins Gesicht, die ihn nun völlig wach machte, und nach ein paar Minuten fühlte er sich in solcher Befreiung, dass er aufgereckt zwischen den Stämmen ging, wie gegen einen unsichtbaren Feind.

Ein Bauernbursche kam daher, in blauer Bluse und schweren Stiefeln. Er hatte einen so bestimmten Tritt, als vermöchte ihn nichts aus seiner Bahn zu bringen.

Farasyn hätte stillstehen, ihm zurufen, ihn beleidigen mögen, diesen gesunden, kräftigen Menschen. Er dachte an Lucian, und ein Hass gegen das unsinnige Schicksal und zugleich eine tiefe Trostlosigkeit kam über ihn. Er musste plötzlich bei einer Birke stillstehen, um sich zu halten. Oben im Geäst rührte sich kein Laut; es war, als ob der Wald schwiege. Farasyn hörte sein Blut in den Schläfen pochen, und je mehr er aufmerkte, um so lauter klopfte es. Früher litt er wohl zuweilen an Herzschwäche, fiel ihm ein. Wenn es ihn jetzt überraschte, wenn er das Gefährt nicht mehr erreichte, – vielleicht war auch Lucian eben im Sterben ...

Eine wahnsinnige Angst überrieselte seinen Körper. Er wollte sich vorwärtsbewegen, wollte schreien, aber er vermochte sich nicht zu rühren. Laut atmend stand er am Baum, und der Schweiß glänzte ihm auf der Stirne.

Nach ein paar Augenblicken versuchte er, einen Arm zu heben. Er hob ihn auch wirklich und sah die Hand vor den Augen; aber es war ihm, als sei es nicht seine eigene Hand, sondern eine ganz fremde.

Dann begann er, auf sich einzureden, es sei ja nur ein Anfall, nur eine nervöse Störung, die sich bei starkem Willen heben müsse, und es gelang ihm auch, aus einem Riechfläschchen Eau de Cologne auf ein Taschentuch zu schütten. Gierig hielt er es vor das Gesicht und trank lange und mit fast einschläferndem Behagen den kühlen, erfrischenden Duft.

Langsam konnte er jetzt quer durch die Bäume gehen, und als er auf der Straße war, stand der Wagen in der Ferne.

»Fahren Sie bei Zanelli vor!«, sagte der Baron zu Franz, als er einstieg. Auf der Fahrt zur Stadt saß er mit fiebrigen Augen aufrecht. Er hatte eine marternde Bangigkeit vor dem Moment, da er das Haus betreten würde, da er aus irgendeinem Lauf oder einer Bewegung Gewissheit hätte. So war es ihm auch ganz unmöglich direkt zu fahren. Er musste erst Zanelli sprechen.

Wie Franz anhielt und Farasyn aus dem Wagen stieg, zitterten ihm die Knie. Oben sagte ihm das Mädchen, der Professor sei fort. Vielleicht in der Klinik. Farasyn fragte, ob man ihn nicht herrufen könnte.

Das Mädchen kam wieder und sagte, der Professor sei am Telefon. Wie nun aber der Baron mit ihm reden sollte, war er verlegen. Was hatte er ihm denn zu sagen? So fragte er ihn ganz irr, ob er keine Nachricht habe von seinem Hause.

Zanelli verstand erst nicht, bis Farasyn ihm sagte, er käme von einer Spazierfahrt bei ihm vorbei. Zanelli aber war seit der Morgenfrühe fort und riet ihm, das Mädchen zu fragen. Und das Mädchen wusste nichts.

Beschämt ging der Baron die Treppen hinunter. Es war ja alles so haltlos und unstimmig, was er da machte.

Zu Hause öffnete Jacques die große Glastür und bot noch immer dasselbe stumpfe Gesicht zur Schau. Daraus schloss Farasyn, dass nichts vorgefallen sei, und er ging sofort durch das Vorzimmer zu Lucian.

Lucian saß im Bett aufrecht, und bei ihm waren Betty und die Baronin.

»Denk dir, Papa, Betty hat heute ihren siebzehnten Geburtstag!«, rief Lucian, als der Baron unter die Türe trat. Dabei rauchte er eine parfümierte ägyptische Zigarette und blies Rauchsträhnen in die Luft.

»Ich gratuliere dir!«, sagte der Baron zu dem schlanken, blonden Mädchen, das kerzengerade vor ihm stand und ihm die Hände drückte. »Ich sah Papa im Wagen, ehe ich wegfuhr ...«

»Papa und Mama kommen nach Tisch. Ich esse mit euch, die Baronin hat mich eingeladen.« Betty schaute ihn mit ihren großen braunen Augen lächelnd an.

»Recht so, mein Kind!« Von Farasyn war eine große Bangigkeit gewichen, seit er wieder Stimmen hörte, und seit er wusste, dass das Äußerste nicht geschehen war.

Betty und die Baronin hatten sich zum Kranken gesetzt, und Lucian meinte: »Mir geht es eigentlich recht gut, wenn nur Papa kein so bekümmertes Gesicht machte!«

Jacques kam herein und meldete das Frühstück.

»Geht nur!«, bat Lucian. »Dies ist heute noch die einzige Stunde, da ich allein bin!«

So gingen sie hinaus.

Über dem Essen starrte der Baron an das braune Getäfel des Saales und drüber hinauf nach der geweißten Mauer und meinte endlich: »Der Spargel ist zu hart ...«

Betty schlürfte langsam an einem Glas Chablis und sagte in leisem Ton: »Ich möchte mich heute betrinken ...«

Farasyn schaute ihr in die Augen und war darüber gar nicht verwundert. Vielleicht hatte er mit seinem Spargel dasselbe sagen wollen. Nur die Baronin aß, ohne aufzuschauen.

»Jacques ...«

»Herr Baron!«, klang es vom Büfett.

»Holen Sie eine Flasche Nuits 1895!«

»Geht es Lucian wirklich schlecht?«, fragte Betty und hatte Tränen in der Stimme.

»Kind, wer kann etwas darüber wissen ... Es sind schon Wunder geschehen ...«

»Glauben Sie daran, Baron ...?«

Jetzt hatte er einen so vorwurfsvollen Blick, dass das Mädchen schwieg. Als niemand mehr reden wollte, hub sie wieder an. »Ich bin zu Hause weggelaufen, – ich hielt es nicht mehr aus ...«

»Das ist lieb von dir, aber du hättest es doch nicht tun sollen ... Wir wollen nachher gleich Mama telefonieren ...« Es war die Baronin, die jetzt zum ersten Mal gesprochen hatte.

»Ich möchte jetzt zu Lucian hinübergehen ... Ich kann nicht mehr essen ...«

»Warte noch, bis der Wein da ist, mein Kind! Wir wollen dann anstoßen!«, sagte der Baron ganz kameradschaftlich. »Und überdies wirst du noch von der Omlette au Rhum und den Bananen essen ...«

Jacques trug die dickbauchige, staubige Flasche herein und drei Gläser.

»Bringen Sie noch ein viertes!«, befahl der Baron.

Als Jacques eingeschenkt hatte, schien es, als ob Farasyn etwas Besonderes sagen wollte. Etwas vom Schicksal dieses Weines. Oder von früheren Familienfesten. Aber er war plötzlich kleinlaut geworden, und als Betty nun das vierte Glas zu Lucian hinübertragen wollte, nickte er nur und sah ihr nach.

Lucian hatte schon gegessen, als Betty eintrat und sich zu ihm setzte. Sie konnte die Angst in ihren Augen nicht verbergen, und Lucian schaute sie müde und etwas gelassen an.

»Ja, ja«, meinte er und suchte sich aufzurichten. Betty antwortete erst nicht und hatte die Hände im Schoß. Dann beugte sie sich aber auf einmal, und ihr junger Körper schluchzte jammervoll, trotzdem sie sich das Taschentuch in den Mund gesteckt, um das Weinen zu ersticken.

Lucian konnte über dem Bettrand nur ihren Hals sehen. »Aber komm doch ... Armes ... du ... es ist nicht so schlimm ...« Weiter konnte er nicht reden, denn sein Herz klopfte unmäßig, und er geriet in eine furchtbare Atemnot.

Als es vorbei war, weinte sie noch leise vor sich hin. Lucian dachte sich: »Diesen weißen, schlanken Hals hätte ich einmal geküsst, wenn mein Körper nicht so verdorben und elend wäre!« Es entzündete sich in ihm jählings eine solche Lebenssehnsucht, ein solcher Hass gegen sein Schicksal, dass er minutenlang mit krampfhaft verzerrtem Gesicht und einem hässlichen, brutalen Zug um den Mund in den Kissen vergraben war.

»Wenn du nur wieder gesund würdest und gehen könntest!«, hörte er sie auf einmal sagen. »Ich wollte dich so pflegen! – Ich liebe dich trotz allem«, setzte sie wie in einem Ruck hinzu.

»Was weißt du?«, fragte er und schaute mit geschlossenen Augen ins Licht, und es war ihm, als sehe er nichts als weich leuchtendes, rosafarbenes Blut.

»Dass du durch eine Frau leidest!«, antwortete sie trotzig.

»So? Das meinst du?«, sagte er, wie man zu einem Kind spricht. Zugleich aber war er verlegen und mochte ein paar Sekunden seine Augen nicht mehr öffnen.

Betty stand auf, ging ans Fenster und sah in den Garten. Sie trug einen fußfreien karierten Rock, und Lucian maß ihre zierlichen Knöchel und die schlanken Waden, die in seinen leise quellenden Formen nach oben strebten. Die Sonne rann ihr über den Kopf und Rücken, und er wusste nicht genau, ob ihr Haar jetzt rot oder braun oder blond war.

»Hör, Betty!«, rief er. Sie drehte sich um, und er sagte leise: »Ich möchte dich nur einmal küssen.«

Einen Moment ging ein Zittern durch ihren gertenhaften Leib; sie wusste erst selbst nicht, ob es Angst oder Jubel oder jenes Bangen war, das ein Gesunder immer vor der Berührung eines Kranken empfindet.

Aber sie kam näher und schaute ihn groß an. Nicht verwundert oder von äußerlicher Scham befangen.

Sie fragte nur: »Ja, – darf ich das tun ...?«

»Ja, du darfst es ...«

Da neigte sie sich über ihn, und er fühlte die Last ihres jungen Körpers und das Wogen ihrer Brust, und ihre feuchten, feinen Lippen pressten sich auf die seinen, die trockenen, ausgebrannten. Alles Blut stieg ihm ins Gehirn, und es wurde ihm dunkel vor den Augen wie in einem ungeheuren, maßlosen Sturm. Ihm war, als läge die ganze Glut des Lebens auf seinem Gesicht, als schaute er an etwas hinauf, was er nicht mehr bezwingen könne. Sie hatte ihren Kopf neben dem seinen aufs Kissen gelegt und schaute erst auf, als Lucian wie unter heftigen Schlägen zuckte. Da waren seine Augen ganz vom Weinen überströmt, und er stammelte nur leise Worte, die sie nicht verstand.

In diesem Moment fuhr unten ein Wagen vor. Betty ging ans Fenster und sagte: »Sie kommen!«

Crane trat mit dem Baron ins Krankenzimmer. Er war klein und doch schlank und ging etwas schwerfällig am Stock.

»Hier riecht es ja nach Zigaretten! Raucht er?«, fragte er und lachte. Crane machte mit seinem kurz geschnittenen Schnurrbart und dem kleinen runden Gesicht etwa den Eindruck einer recht gutmütigen Dogge. Nur wenn er lachte, zeigte er zu sehr seine Zähne, und das gab seinen Zügen eine leichte Schärfe.

Farasyn stand am Fußende des Bettes und schaute nach der Türe: »Kommt Felicitas nicht?«

»Ich höre Mama draußen reden«, sagte Betty vom Fenster her etwas zag.

»Ach, da ist ja unsere Ausreißerin.«

Crane drehte sich nach ihr um und zwinkerte. »Ja ... diese kleinen Mädchen ... hast du auch gegessen?«

»Man wird mich wohl hier nicht hungern lassen!«, klang es gereizt zurück.

»Nun, ich hätte es getan ... So ein Benehmen«, spottete Crane.

»Ich finde, dass Betty tapfer und lieb war!«

Farasyn hatte ihr die rechte Hand auf die Schulter gelegt und schaute mit leiser Wehmut auf ihren blonden Kopf.

»Das ist sie ... Und hübsch ist sie auch!«, sagte Lucian und kicherte.

Betty schaute ihn verwundert an, als ob sie nicht verstünde, dass er jetzt lachen könnte.

»Also, du stehst bald auf?«, wandte sich Baron Crane an Lucian und schnitt ein gewaltsam vergnügtes Gesicht.

»Wenn meine Beine wollten; aber ich bin zu sehr mit ihnen im Widerspruch.«

»Mit den Beinen?«

»Ja, können Sie mir das nicht nachfühlen?«

Lucian sah Crane voll ins Gesicht.

Eine Weile war es so still, dass man die Baronin im Vorzimmer reden hörte. Dazu klang noch eine andere, dunklere Frauenstimme nahe bei der Türe.

Lucian fühlte, dass er taktlos gewesen war und meinte jetzt: »Wenn die Baronin spricht, ist mir immer, als ob jemand singt.«

»Ich wäre auch Sängerin geworden, wenn die Vererbung von Papas Seite besser gewesen wäre.« Betty stand neben Crane, den sie fast um Haupteslänge überragte, und zupfte ihn am Ohr.

In diesem Moment ging die Türe auf, und die beiden Frauen traten ein. Felicitas hielt rote Rosen in der Hand und kam rasch auf Lucian zu.

»Ich danke, Baronin«, sagte er. Wie sie dicht vor seinem Bett stand, schaute er einen Moment an ihr auf, als wollte er ihre ganze Gestalt in sich einsaugen. Sie war groß und schlank gewachsen und hatte ein ebenmäßiges, ovales Gesicht. Darin lag wohl etwas sehr Typisches. Ihre Augen aber leuchteten rehbraun, und ihre Lippen waren so geschweift, als wären sie ein wenig aufgeworfen.

Felicitas legte ihm eine Hand auf die Stirne.

»Ihre Hände sind wie Eis ...«, sagte er.

»Sie tun so wohl, dass es schmerzt.« Betty stand zur Seite und starrte aufmerksam nach seinem Gesicht.

Crane und Farasyn schauten aus dem Fenster in den Garten und sprachen leise zueinander.

»Mamas Hände können weh tun, fast ohne zu berühren ...«, sagte Betty plötzlich.

»Haben sie dir nie wohl getan?«, wandte sich Felicitas um. Betty sah ihr fast feindselig in die Augen.

»Ja, – wohl auch ...«, antwortete sie und ging mit der Baronin ins Vorzimmer.

Draußen sagte sie: »Ich bin auf meine eigene Mutter eifersüchtig ... Ist das nicht komisch?«

Die Baronin lächelte. »Dummes Kind! Wollen wir in den Garten gehen?«

Sie stiegen zusammen die große Treppe hinunter ins Vestibül.

Als sie unten waren, kam ihnen der Baron mit Crane nach. Er sagte eben: »Wenn er nur den Abend überlebt ... Das Herz ängstigt mich ... Die Farasyns waren alle herzkrank ...«

Felicitas saß jetzt bei Lucian am Bett, und er hatte den Kopf an ihre Brust gelehnt. Die Türe zum Vorzimmer stand offen, und sie lauschten. Doch die Stimmen kamen schon aus dem Garten.

»Du!«, sagte Lucian und hielt dann inne.

»Was willst du, Liebling?«, fragte sie und fuhr ihm mit der Hand durch sein dunkelbraunes Haar.

»Ich habe eben Betty geküsst, und da hasste ich dich so, dass ich dich hätte schlagen können ... Betty erschien mir wie etwas Wunderbares, wie etwas Junges, das nach frischen Blüten riecht ... Kannst du verantworten, dass du mich verdorben hast?«

»Ich wollte dir Gutes tun, und hast du nicht darum gefleht?« Felicitas sprach unterdrückt; aber ihre Worte waren dennoch wie eine Melodie, die ihn bezwang.

»Sprich weiter ...«, bat er, »... ich fühle, wie du atmest ...« Er blieb eine Weile ganz still, als lausche er den Bewegungen ihrer Brust.

»Was soll ich dir sagen?«

»Du musst dich verteidigen ... Und Crane anklagen ... Wir beide haben nichts gewusst, aber er ... Manchmal denke ich jetzt auch, dass es ja gar nicht darauf ankommt, wie lange man das erlebt, sondern wie ... Glaubst du, dass mir eine Frau noch mehr geben könnte als du?«

»Ich weiß es nicht!«, sagte sie melancholisch und presste seinen Kopf an sich wie eine Mutter.

Im Garten stieß jetzt Caro ein kurzes Gebell aus.

»Nur, wenn ich Betty sehe, kriecht das Furchtbare an mich heran, und ich weiß nicht mehr, ob ich das Leben gekannt habe. Du musst es mir sagen, – oder mir vorlügen ...« Er hatte sie am Arm gefasst und schrie beinahe auf.

»Ich war dir, was ein Mensch einem anderen sein kann!« In ihrer Stimme lag eine Zuversicht, als ob sie's selbst glaubte.

»Mir träumte heute Vormittag« – Lucian hatte sich zurückgelegt und starrte nach der Decke – »du lägest nackt dort in dem großen roten Stuhl. Und das Zimmer war ganz dunkel. Nur von irgendwo fiel auf dich alles Licht. Auf deine weiße Haut, die wie Perlmutter strahlte, – und auf den karminroten Gobelin. Ich lag vor dir am Boden, und du sahst mich nicht. Und dieser Augenblick war voll wahnwitzig süßer Spannung. Denn plötzlich sprang ich auf, – wie eine Tigerkatze einer Antilope aber so an den Hals springt, – so raste ich zu dir ... wie ein junges wildes Tier ... – Wie ein junges wildes Tier ...« wiederholte er und hatte ganz starre, gläserne Augen.

Felicitas neigte sich über ihn, und ihr stand eine Sekunde lang der Atem still.

Da wandte er sich aber nach ihr um, und sie küsste seinen heißen, fiebrigen Mund.

Unten stand jetzt Betty mit Caro bei den Stallungen. Franz reinigte die Viktoria, und Betty schaute zu, wie er mit dem Leder die Speichen blank rieb.

»Wo sind Sie heute früh gefahren?«

»Beim Exerzierfeld - und nachher ging der Herr im Wald! – mit dem jungen Herrn steht es wohl schlecht?«, setzte Franz hinzu.

»Das weiß man nie genau; wir alle können ebenso gut auch morgen nicht mehr leben ...«

»Nun ja ...«, sagte Franz und schwieg.

»Oder glauben Sie's nicht?«, fragte Betty wieder, die keine Ruhe hatte.

»Ich meine nur, es kann lange dauern, bis wir wieder zusammen ausreiten, – das gnädige Fräulein, der alte und der junge Herr ...«

»Wobei Sie bei einem guten Trab nie nachgekommen sind –«, warf Betty ein.

»Sie hätten mit der Lisa auch keinen solchen Trab geritten ...«

»Franz, Sie sind immer noch ein komischer Kerl ... Sie fallen auf alles herein ... ich wollte Sie ja bloß ärgern.«

Betty wollte gehen.

»Hören Sie ...«, rief Franz leise.

»Was wollen Sie?«

»Heute Morgen hat der alte Herr ganz für sich im Wagen gesprochen ...«

»Hat er das sonst nie getan?«

»Nee ...«, sagte Franz erstaunt.

»Dann will ich Ihnen sagen, dass ich auch nicht mehr weiß, ob ich wache oder schlafe, ob ich schweige oder rede, und so mag es wohl dem Baron ergehen.«

»Es ist ein Jammer«, sagte Franz und warf einen Kübel Wasser gegen die Hinterräder, dass es schäumte.

Sie waren alle wieder gegangen, und die Baronin war bei dem Kranken. Farasyn saß im Vorzimmer und starrte in einen gelben Lichtstreifen, der wie ein mächtiger Balken ins Zimmer fiel. Und in diesem Licht lebte und flirrte es von Myriaden von Wesen, die sich haschten und flohen, sich abstießen und sich verbanden. Abgespannt schaute er eine Weile in das Treiben, bis ihm alles verschwamm und er so viel Licht in den Augen hatte, dass er nicht mehr die gegenüberliegende Wand des Zimmers sah.

Draußen stieg der Gesang der Amseln wie in jubelndem Jauchzen zum Himmel. Farasyn neigte sich über die Fensterbrüstung und atmete den leisen, kühlen Abendwind ein. Vor ihm wiegten sich die großen, üppigen Blätter der Kastanienbäume, und es stieg wie eine Hoffnung in ihm auf, als vermöchte diese sanfte, fächelnde Bewegung seine innere Kraft zu dämpfen. Aber es war ihm, als müsste er dazu das Rauschen ganzer riesiger Wälder vernehmen, und als wäre auch dann noch der dumpfe, monotone Schmerz in ihm, der die Brust wie mit furchtbaren Klammern zusammenzog.

Hinter ihm regte sich jemand.

Jacques stand da und sagte: »Der Herr Pastor ...«

Farasyn dreht sich um und sah erst nur etwas Dunkles, das scheinbar gegen die Wand stand.

Dann kam es näher, und es war ein junger Geistlicher in zu kurzem Gehrock. Er sagte, dass er den Herrn Pastor Fleider während seiner Frühjahrskur vertrete, und nannte sich Erich Kreis.

Wie sie sich gegenüber saßen, sagte Farasyn: »Der Fall ist schwer ... Mein Sohn ist nicht kirchlich erzogen worden, und er wird vielleicht etwas erstaunt sein ...«

Da brach er ab, und der Pastor nickte, als wäre ihm diese Situation ganz geläufig.

Farasyn kam dadurch aus einer Verlegenheit heraus und sprach davon, dass Lucian über seinen Zustand nicht aufgeklärt werden dürfe. Der Besuch sollte wohl auch eher den Charakter einer allgemeinen Unterhaltung tragen, und wenn die Stimmung danach wäre, könnte man ja zu religiösen Fragen übergehen.

Der Pastor, der ebenso hilflos im Stuhl saß wie am Morgen Tante Eugenie, wollte eben antworten, als die Baronin aus dem Krankenzimmer trat. Die Tür blieb offen stehen, und als sie ein paar Worte zusammen gesprochen hatten, gingen alle drei hinein.

Farasyn trat auf das Bett zu. »Der Herr Pastor macht uns einen Besuch ... Er hat von deiner Krankheit gehört ...«

Lucian zuckte mit keiner Wimper. »Ich danke Ihnen, Herr Pastor ... Ich freue mich ...«, fügte er noch hinzu. Da schaute ihn Farasyn an, als wüsste er nicht genau, ob nicht ein wenig Ironie dabei wäre.

Der Pastor hatte sich in den Stuhl am Bett gesetzt und meinte, dass das Frühjahrswetter immer leicht ein Anlass zu Erkrankungen wäre.

Darauf schwieg er, als Lucian plötzlich fragte: »Haben Sie eine Bibel mitgebracht?«

»Ja, Herr Baron, ein Neues Testament.«

»Würden Sie mir etwas vorlesen?«

»Aber gewiss ...« Der Herr Pastor schien über diese Wendung beglückt. »Was möchten Sie hören?«

»Das ist mir einerlei«, meinte Lucian, »es ist wohl alles sehr schön. Am liebsten vielleicht aus der Offenbarung Johannis; es sind da so farbige Bilder.«

Der Pastor hub nach einer Weile an: »Und er zeigte mir einen lautern Strom des lebendigen Wassers, klar wie ein Kristall; der ging von dem Stuhl Gottes und des Lammes.«

Er las laut und pathetisch, wie jemand, der an große Räume gewöhnt ist.

»Mitten auf ihrer Gasse und auf beiden Seiten des Stroms stand Holz des Lebens, das trug zwölferlei Früchte und brachte seine Früchte alle Monden; und die Blätter des Holzes dienten zur Gesundheit der Heiden.«

Lucian lag still mit geschlossenen Augen und bewegte die Lippen, als spreche er die Worte nach.

Farasyn saß im roten Gobelinstuhl beim Fenster und hatte die Hände gefaltet. Eine seltsame Rührung war über ihn gekommen. Er lauschte vornübergebeugt wie einer halbfremden und doch unerhört bewegten Musik.

Die Baronin aber schaute nach Lucian, dessen Gesicht ihr plötzlich wie aus Wachs modelliert erschien.

Wieder hub der Pastor an, und seine Stimme hallte im Raum. »Und es wird kein Verbannter mehr sein, und der Stuhl Gottes ...«

Da zuckte Lucian mit einmal und sperrte den Mund gähnend weit auf. Und sein Mund war plötzlich wie der eines Fisches. Dann keuchte er: »Es ist alles umsonst ... Ich habe Angst ... Ich kann nicht sterben ... Ich kann nicht ...«

Die Baronin fuhr mit ihren Händen wie ein Gespenst über die Bettdecke hin, als müsste sie ihn beschützen. Farasyn stand da, griff mit den Armen durch die Luft und suchte nach einer Stütze.

Der Pastor fuhr fort: »Und der Stuhl Gottes und des Lammes wird darinnen sein, und seine Knechte werden ihm dienen. Und sehen sein Angesicht.«

Jetzt versank Lucian in den Kissen, als wollte er sich verkriechen. »Ich habe Angst, es wird dunkel ... Man soll alle Lichter anzünden, – alle Lichter ... Ruft den Arzt ...!«

Farasyn stürzte hinaus.

Die Baronin versuchte mit zitternden Händen den Kerzenleuchter zu entzünden.

Der Pastor starrte mit irrenden Augen auf sein Buch. Er hatte nicht die Kraft zu sehen, wie die Stille über das junge Gesicht kam.

Jetzt brannten die Kerzen. Ihr Schein mischte sich mit dem Abend, und es gab ein fahles Zwielicht im Gemach.

Als Farasyn wieder eintrat, hörte er den Pastor mit der Baronin laut beten. Er sah hin. Lucian hatte jetzt den Kopf auf die Seite geneigt, als ob er fest schliefe.

Draußen aber zwitscherten plötzlich zwei Finke so jubelnd und nahe beim Fenster, dass sie die Ruhe des Zimmers störten.

Der Baron stand schweigend vor dem Bett. Wie vor etwas Fremdem und Unfassbarem. Und doch empfand er in tiefster Seele jene Beruhigung, die nach jeder furchtbaren Spannung wie eine milde, lindernde Erlösung eintritt.

Als er nachher den Pastor die große Treppe hinuntergeleitete, legte er ihm plötzlich den Arm schwer auf die Schulter und sagte wie in einer grausamen Verwunderung: »Sehen Sie, Herr Pastor ... Alles vermögen wir heutigen Menschen, nur nicht zu sterben. Daran haben wir den Anschluss nicht mehr.«

Der Pastor sah ihn an und nickte; aber es war, als ob er da kaum besser Bescheid wüsste.